Série Vaga-Lume

A GRANDE VIRADA

Raul Drewnick

Ilustrações
Célia Kofuji

editora ática

A grande virada
© Raul Drewnick, 1999

Editor	Fernando Paixão
Editora assistente	Carmen Lucia Campos
Preparadora	Maria Cecília Garcia
Coordenadoras de revisão	Sandra Brazil
	Ivany Picasso Batista
Revisora	Cátia de Almeida

ARTE
Editor	Marcello Araujo
Editora assistente	Suzana Laub
Editoração eletrônica	Zin Pan

CIP-BRASIL. CATALOGAÇÃO NA FONTE
SINDICATO NACIONAL DOS EDITORES DE LIVROS, RJ

D832g

Drewnick, Raul, 1983-
A grande virada / Raul Drewnick ; ilustrações Célia Kofuji. -
1.ed. - São Paulo : Ática, 1999.
142p. : il. - (Vaga-Lume)

Contém suplemento de leitura
ISBN 978-85-08-07358-0

1. Novela infantojuvenil brasileira. I. Kofuji, Célia, 1961. II.
Título. III. Série.

10-5219.
CDD 028.5
CDU 087.5

ISBN 978 85 08 07358-0 (aluno)
ISBN 978 85 08 07359-7 (professor)

2023
1ª edição
23ª impressão
Impressão e acabamento: Forma Certa

Todos os direitos reservados pela Editora Ática
Av. Otaviano Alves de Lima, 4400 – CEP 02909-900 – São Paulo, SP
Atendimento ao cliente: 4003-3061 – atendimento@atica.com.br
www.atica.com.br

IMPORTANTE: Ao comprar um livro, você remunera e reconhece o trabalho do autor e o de muitos outros profissionais envolvidos na produção editorial e na comercialização das obras: editores, revisores, diagramadores, ilustradores, gráficos, divulgadores, distribuidores, livreiros, entre outros. Ajude-nos a combater a cópia ilegal! Ela gera desemprego, prejudica a difusão da cultura e encarece os livros que você compra.

Virando o jogo

Valéria é uma garota que como muitos outros jovens enfrenta problemas de relacionamento com os pais: ela nem sempre se sente compreendida e amada por eles. Mas, se a vida em família não vai lá muito bem, duas coisas lhe dão muito prazer: jogar futebol e estar com seus amigos inseparáveis, Roseli e Rodrigo.

Só que de repente parece que tudo começa a virar de cabeça para baixo...

A curiosidade de experimentar novas sensações, um cigarrinho diferente e o controle fugiu de suas mãos.

Valéria vai precisar de muita garra e determinação para virar o jogo. O adversário não é fácil, não...

Prepare-se para se emocionar com os lances de uma jogadora em busca da vitória na partida que vai decidir o seu destino.

Conhecendo **Raul Drewnick**

*R*aul Drewnick adora futebol. E essa paixão é tão forte que ele brinca: "Se eu for a um psicanalista, ele vai dizer que o meu problema é que sou um futemaníaco, um futemaluco, um futefanático".

Desde a sua estreia na Vaga-Lume em 1994, ele vinha planejando escrever um livro no qual essa paixão desempenhasse um papel decisivo. "Mas não queria que fosse só uma história de grandes jogadas, dribles e gols", confessa.

Finalmente, Raul conseguiu realizar o seu projeto. Aqui ele prova que o futebol, além de saudável, pode ser estimulante e salvador. Uma garota tenta escapar da boca do dragão, tendo como aliados sua força de vontade, a ajuda da mãe e seu amor pelo esporte.

Sumário

1. A alegria são dois pacotinhos   7
2. A esperança está nas cestas   9
3. Já para casa, Valéria   12
4. Alfinetadas de mãe   15
5. Santa Vera   18
6. Vida longa para Henrique   22
7. Um doido na chuva   25
8. Um pacote debaixo do banco   28
9. Tudo mal, mas tudo bem   31
10. Pisa fundo, motorista   34
11. A cigana estava certa   36
12. Também estou nessa   40
13. Roleta paulista   43
14. Um cadáver depois da curva   46
15. Agora, só nós duas   50
16. Meu nome é Almeida   52
17. O beijo da traição   57
18. Eu te amo, Val   61
19. Jogando nas duas   63
20. A última viagem   64

21. Em que mundo você está? 68

22. Onde está aquele maluco? 70

23. Eu não acredito 72

24. Na favela, atrás de Tiãozinho 74

25. Se pintar sujeira, vocês dançam 78

26. A sombra da desconfiança 81

27. Usuárias ou traficantes? 84

28. De quem é a culpa? 88

29. Socorro, doutora Ninon 92

30. Pisando na bola 94

31. Faça a coisa certa 97

32. Tudo para virar o jogo 99

33. Sanduíche, pipoca e sorvete 103

34. Os primeiros lances 106

35. Mãe, vou aparecer na tevê 109

36. Uma estrela em dois tempos 112

37. Você aqui? 116

38. Socos, pancadas e pontapés 120

39. A hora da verdade 125

40. Não. Isto de novo, não 127

41. Farinha nela 130

42. O segundo aviso 133

43. Alguém que eu amo 135

1   *A alegria são dois pacotinhos*

Era 20 de dezembro. Depois de uma tarde de calor abafado, nuvens carregadas começaram a cercar a cidade. De vez em quando, um relâmpago se desenhava no céu. E um vento nervoso se pôs a sacudir os toldos das lojinhas de tecidos, dos bares e das farmácias.

Esforçando-se para andar rápido, Henrique, um homem baixo, gordinho e meio calvo, passou o lenço na testa e desabafou:

— Mais quente do que isto, só no inferno!

Desaparecendo atrás dos prédios, o sol foi substituído por uma noite pesada e mormacenta. Nas ruas principais, onde uma multidão se espremia, as grandes lojas acenderam as luzes e seus artigos reluziram nas vitrines, como se cada um deles fosse a maior das maravilhas.

Com a segunda parcela do décimo terceiro salário depositada no banco, os compradores invadiam tudo, olhavam, pegavam, apalpavam, avaliavam as mercadorias. Os vendedores corriam de um canto para o outro. No meio da confusão, ouviam-se pragas, palavrões e às vezes o apelo desesperado de alguma balconista novata.

— Ai, meu Deus do céu, me ajude!

Henrique entrou numa loja e, com safanões, cotoveladas e empurrões, conseguiu chegar até o balcão de bijuterias.

— Moça, moça — ele chamou, erguendo o braço e tentando atrair a atenção de uma das duas balconistas que, encharcadas de suor, olhavam aflitas para mais dez ou doze braços levantados.

— Moça, moça — ele ficou insistindo, até ser atendido. — Eu quero dois pares de brincos daqueles ali.
— Estes?
— Não. Aqueles lá. Os de letras.
— Estes, de iniciais?
— É.
— Que letras o senhor quer?
— Letra vê.
— Os dois pares?
— É — disse ele, imaginando o que Vera e Valéria iriam achar do presente. Não confiava muito no seu bom gosto.

Ao sair da loja, essa dúvida o atormentou por um momento. Mas logo ele recuperou o bom humor e, procurando ultrapassar as pessoas que, carregadas de pacotes, obstruíam o seu caminho, começou a assobiar. A canção pertencia ao seu tempo de menino e era assim que ele se sentia: um menino que tinha entrado em um jogo difícil e vencido todos os adversários. Levava para casa dois troféus e muita fome.

Acelerando o passo, ele recapitulou o seu dia.

2 *A esperança está nas cestas*

Depois de uma manhã muito atarefada, Henrique tinha ido almoçar ao meio-dia, num barzinho perto do emprego, e vinte minutos mais tarde já estava de novo pondo champanhe, panetone, figos secos, uvas--passas, tâmaras, castanhas e nozes dentro de cestas de Natal que naquele ano estavam enchendo de alegria seu Almeida, o dono da pequena empresa em que Henrique trabalhava.

— Que loucura! Vocês viram? Chegou um pedido hoje! Hoje, 20 de dezembro! Eu até brinquei com o cliente. Perguntei se ele queria as cestas para o Natal ou para o Carnaval. Nunca vendemos tanto! — comemorava seu Almeida, saltitando como se fosse um garotinho, estimulando Henrique e Atílio, o outro preparador de cestas, a apressar o trabalho.

Ao se lembrar da cena, Henrique sorriu. Seu Almeida era um bom homem. Tinha sentido isso desde a primeira vez, oito meses antes.

Naquele primeiro dia de Henrique na empresa, seu Almeida, depois de lhe mostrar que havia cestas de três tipos — a Extra, a Média e a Padrão, cada uma com seu preço e seus produtos — e de recomendar que caprichasse na arrumação de todas, tinha lhe dado umas palmadinhas nas costas e prometido:

— Você vai ficar muito tempo aqui com a gente. No ano que vem, nós vamos arrasar. Eu estou estudando o lançamento de uma linha de cestas para o café da manhã. Para a Páscoa, vou lançar outra linha e, em junho, vamos vender cestas para o Dia dos Namorados. Com o lucro das vendas no Natal, eu vou poder anunciar nos grandes jornais. E aí ninguém vai segurar mais a Cestas Almeida.

Apalpando carinhosamente os dois pacotinhos, Henrique sorriu ao recordar que, quando tinha conseguido o emprego com seu Almeida, já estava quase sem esperança. Seu dinheiro no banco era suficiente só para não fecharem a conta e, pela primeira vez nos seus quarenta e três anos de vida, havia pedido um empréstimo, para pagar o aluguel do apartamento.

O prédio em que morava, o mais antigo do bairro, tinha só quatro andares, cada um com três apartamentos. Parecia mais um sobradão. Todo esfolado por dentro e por fora, não via pintura fazia mais de dez anos. Estava reduzido ao zelador e a mais dois empregados que se revezavam na limpeza e nos outros serviços.

Os dois encarregados da segurança haviam sido despedidos, com a desculpa de que nenhum ladrão acharia possível encontrar alguma coisa de valor ali. Com essa dispensa, a taxa de condomínio tinha caído um pouco. Mas essa era só uma das despesas da casa. A mulher de Henrique, Vera, não conseguia pagá-las com seu trabalho como atendente de um consultório médico.

E a falta de dinheiro não era o único problema de Henrique e Vera. Outra grande preocupação era Valéria, a filha, que tinha quinze anos e andava rebelde demais para o gosto deles. O que estava acontecendo? Vera não estava se entendendo com ela. Henrique também não. Ele costumava se zangar porque, quando perguntava o que ela pretendia ser, a resposta era:

— Sei lá.

Henrique repetia a pergunta, e a resposta não mudava muito:

— Qualquer coisa, pai.

E, quando ele insistia, ouvia isto:

— Quero ser jogadora de futebol, pai. Você e a mãe sabem disso faz tempo, não sabem? Então, por que vivem perguntando?

Henrique e Vera sabiam que no colégio a filha era considerada uma ótima jogadora, mas achavam que, quando ela falava em transformar o futebol em profissão, fazia aquilo para irritar os dois.

Lidar com ela era uma dificuldade para Henrique. Às vezes ele imaginava que, se Valéria fosse um garoto, talvez suas relações com ela se tornassem mais simples. O pior era que Vera também não vinha tendo sucesso no diálogo com a filha. Seu trabalho no consultório não lhe deixava muito tempo para cuidar de Valéria, que fazia questão de reclamar sempre. Dizia ser uma abandonada. Mas, se a mãe lhe dava mais atenção, ela se irritava e se queixava de estar sendo sufocada.

— Droga, eu preciso conversar mais com você — exclamou Henrique, como se a filha estivesse ali. — E quer saber de uma coisa? Se você quer ser jogadora de futebol, eu vou dar o maior apoio.

Um office boy que passava riu e comentou com outro:

— Viu só aquele doido falando sozinho?

Já perto do ponto do ônibus, olhando para o céu riscado de relâmpagos, Henrique prometeu a si mesmo que a partir daquele dia ia ser um pai de verdade para Valéria. E apertou de novo com amor os dois pacotinhos que levava.

Sorrindo, engoliu uma gota de chuva soprada pelo vento em seu rosto. Estava feliz, ah, como estava. Passou-lhe pela cabeça uma ideia generosa. Queria que todos os homens do mundo se sentissem como ele, naquele momento. Era bom ter uma família.

3 *Já para casa, Valéria*

Os primeiros relâmpagos fizeram Valéria olhar para o relógio. Estava no shopping, a cinco quarteirões de sua casa, e chegar molhada não era uma boa ideia. Já estava atrasada e ia levar um sermão por esse pecado. Para que piorar a situação? Ouvir a mãe explicar de novo, com aquele jeitão dramático, que uma gripe podia até matar, ia ser dose para elefante.

— Vamos embora, turma — ela sugeriu a Rodrigo e Roseli, seus amigos.

— Embora? Nós acabamos de chegar — protestou Rodrigo.

— É. Pra que tanta pressa? — perguntou Roseli. — Se a sua mãe engrossar, é só você dizer que estava com a gente.

Valéria sorriu.

— Esse é que é o problema. Vocês sabem como ela gosta de vocês...

— Dona Vera ama a gente — disse Rodrigo, arrancando uma gargalhada de Roseli.

— Ai, meu Deus, minha filhinha deve estar com aquelas más companhias — brincou Roseli, imitando a voz da mãe de Valéria. — Deste jeito, qual será o futuro dela? Não, jogadora de futebol nunca. Eu morreria. Oh!

Valéria riu. A imitação não tinha sido uma maravilha, mas ali estavam duas das coisas que ela detestava na mãe: o péssimo hábito de considerar os amigos dela uns pré-delinquentes e a pressão para que ela se tornasse uma pessoa importante, de preferência médica ou professora universitária.

Quando a mãe ia parar de pensar e de viver por ela? De querer que fosse o que ela não tinha conseguido ser quando jovem?

Por que, com toda aquela mania de grandeza, tinha se casado com um homem comum? Se queria continuar dando aquela de sargentona, seria bom arranjar outra vítima, porque estava farta das cobranças: de horários, de tarefas, de relatórios sobre o que tinha feito na escola, de tudo.

Para evitar mais cobranças, a garota começou a correr para escapar da chuva que se anunciava. Chuva era gripe! Gripe podia ser morte! Só mesmo na cabeça da

— Ai, meu Deus, minha filhinha deve estar com aquelas más companhias — Roseli imitou a voz de Vera, arrancando gargalhadas de Rodrigo e Valéria.

mãe... Rodrigo e Roseli ainda hesitaram, mas logo a acompanharam na corrida.

Enquanto corria, lembrou-se maldosamente de que precisava perguntar à mãe se no tempo dela já existiam os shoppings. Não deviam existir, porque, quando a mãe ficava sabendo que ela ia a um, não dava sossego. Queria que ela dissesse exatamente o que ia fazer lá.

Quando Valéria respondia que ia fazer o que se faz num shopping, ela amarrava a cara e dizia que shopping era para quem vendia ou para quem comprava alguma coisa. Ficar por ali zanzando não entrava na cabeça dela. Era coisa de gente desocupada.

4   Alfinetadas de mãe

Valéria odiava esse tipo de conversa e esses prejulgamentos. A mãe era insuportável quando vinha com aquelas suas clássicas perguntinhas. Aquele magrinho, de cara chupada e olhos congestionados, será que não era assim por ter algum vício? A família dos gêmeos da rua de cima não via que eles falavam mais palavrões por minuto do que uma assembleia de caminhoneiros? E o filho do novo dono da padaria? Quem ele achava que era, para ficar andando a cem por hora com o carro da mãe? Quantos anos tinha aquele fedelho? Pelas espinhas no rosto, sua idade devia ser suficiente só para tirar a carta de ciclista, e olhe lá. O apelido dele dizia tudo. Podia alguém ser chamado de Sílvio Maluco sem merecer?

Sempre que a mãe vinha com essas conversas, Valéria se irritava.

— Ah, essa não. Qual é a sua? O que você quer dos meus amigos? Que eles apresentem atestado de santidade com firma reconhecida pelo papa?

A irritação era maior quando as alfinetadas da mãe se dirigiam contra Roseli ou contra Rodrigo. Roseli morava no mesmo prédio e no mesmo andar de Valéria e elas eram inseparáveis. Rodrigo, que era de uma rua um pouco distante, não saía da calçada do prédio das duas. Gostava de Roseli, mas gostava muito mais de Valéria. E Valéria era apaixonada por ele.

O que diria a mãe se flagrasse os beijos e as carícias que trocavam e se soubesse que os dois já começavam a achar isso insuficiente? Talvez dissesse que não se podia esperar nada diferente de um rapaz com aquela imensa guitarra tatuada no braço.

— Pra mim, tatuagem sempre foi coisa de bandido.

— Mãe, eu não acredito que você seja assim. Qualquer hora você vai implicar com o Rodrigo porque ele é bonito demais. É ou não é? E, já que você está com o dedo no gatilho, o que você acha mesmo da Roseli?

— Ela é uma folgada.

— Ah, é. Mas folgada por quê?

— Porque só pensa em passear, como a mãe dela. O pior é que sempre quer companhia. E qual é a companhia que sempre quer? Você. E, enquanto passeia com ela, você não pensa nem na lição nem no resto.

— E por que as duas iam ficar plantadas em casa? Ela tem quinze anos e não precisa ajudar a mãe, porque a mãe tem empregada. E a mãe vai ficar em casa fazendo o quê, se não precisa trabalhar?

— Você pensa que uma empregada faz tudo? Sempre acaba sobrando uma coisinha aqui, outra ali. O serviço de casa não tem fim.

— Você pode ficar sossegada, mãe, que o apartamento da Roseli é limpíssimo.

Quando o diálogo chegava a esse ponto, a mãe de Valéria se zangava.

— O que você está querendo insinuar? Que o nosso apartamento é um lixo?

— Não, mãe. Eu não estou insinuando nada. O nosso apartamento também é um brinco. Não é assim que você diz? Quer que eu repita? O nosso apartamento também é um brinco.

— Está vendo? Está vendo só como você é? Você não perde uma oportunidade de me atormentar. Não aguento mais esse sarcasmo. É. Sarcasmo. Se não sabe o que é, vá ver no dicionário. Quando é que isto aqui foi um brinco? Nunca, jamais, em tempo algum. Nem pode, não é? Se eu não trabalhasse de manhã e à tarde no consultório, talvez até desse um jeito de melhorar a aparência disto aqui. Mas...

Aí era a vez de Valéria se zangar.

— Você é vingativa, hem, mãe? Sempre arranja um jeito de jogar na minha cara que eu não faço nada.

— Eu não disse isso. Foi você que...

— É bom ir parando por aqui. Eu também tenho minhas coisas pra fazer. Ou você quer que eu não vá mais à escola nem faça as lições?

— Não, filha. Eu não quero isso. Mas, já que nós estamos sendo francas uma com a outra, você não vai se ofender se eu disser que ultimamente você tem esquecido de cumprir algumas das suas obrigações.

— Quais, por exemplo? — queria saber Valéria, já com a voz alterada e pronta para mais uma discussão quilométrica. Vida em família era aquilo. Brigas, brigas, brigas. Às vezes, ela achava que alguma coisa poderia mudar, se o pai participasse um pouco mais de tudo. Mas ele, quase sempre omisso, tinha ficado ainda mais sem moral nos meses de desemprego.

Naquela noite de 20 de dezembro, correndo contra o vento e contra a chuva que agora caía forte, Valéria se preparava mentalmente para ouvir a descompostura da mãe e sentia uma inveja profunda de Rodrigo e de Roseli. Tinha certeza de que na casa dele e na casa dela, se houvesse interrogatórios e cobranças, seriam uma moleza, comparados com os que iria enfrentar.

5 *Santa Vera*

A caminho de casa, vendo o passeio dos relâmpagos entre os prédios, Vera esforçava-se para encarar com bom humor tudo o que havia acontecido naquele dia. Devia estar pagando todos os pecados de sua vida, com juros. Se Deus quisesse chamá-la, melhor momento não poderia haver. Subiria ao céu e São Pedro, assim que a visse, faria um sinal com o dedo e a mandaria passar na frente de todos na fila, dizendo:

— Pode ir entrando, Verinha. Não se acanhe.

Depois, para não magoar os outros candidatos, explicaria:

— Gente, esta mulher é uma santa.

Era assim que ela estava se sentindo. Uma santa, com direito a auréola e tudo mais.

Suas desgraças começaram logo de manhã. Tinha escorregado no banheiro e batido o joelho com toda a força no chão. Se fosse otimista e estivesse bem-humorada, poderia até se considerar uma mulher de sorte, por não ter estourado a cabeça nos ladrilhos. Mas alguém poderia esperar bom humor e otimismo dela, com o joelho doendo como estava?

Na hora de servir o café a Henrique, outro desastre. Ouviu um grito e não quis acreditar nos seus olhos: o conteúdo da cafeteira estava não na xícara, mas inteirinho na calça do marido.

— Ei, o que é isto, Vera? — tinha berrado ele, dando um pulo. — Você está zangada comigo?

Já era o bastante para enlouquecer qualquer pessoa, mas ainda não era tudo. Depois de pegar outra calça para o marido no guarda-roupa, saiu correndo para não perder o ônibus. Não pôde nem escrever as recomendações do dia para Valéria, que naquela hora ainda dormia, já gozando as férias escolares.

No ponto, não precisou de muito tempo para perceber que o ônibus tinha acabado de passar. O seguinte não demorou nem cinco minutos, só que aí não havia mais jeito. Estava atrasada. Ninguém a censurou por isso quando ela chegou ao consultório, mas quanta gen-

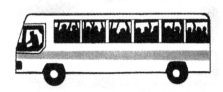

te não tinha perdido o emprego por uma coisa à toa como aquela?

Quando atendeu o primeiro telefonema, soube que seu infortúnio estava longe de terminar. Seu alô foi engolido por um soluço, o primeiro de uma série. Pensou em se desculpar com o homem no outro lado da linha, mas todas as palavras que tentava dizer acabavam tendo o mesmo destino: eram afogadas por aquele som ridículo e vexatório.

— Ih, parece que você bebeu demais ontem — brincou um dos médicos.

Depois disso, tudo correu bem até a hora do almoço. Sem fome, Vera foi até a lanchonete para comer um sanduíche. Já na primeira mordida, sentiu uma coisa estranha no meio do queijo e do presunto. Enfiou a mão na boca e viu o que era: um dente que, por coincidência, era um dos seus.

Foi com alívio que ela chegou ao fim do expediente. Queria ir logo para casa, tomar um banho bem demorado, jantar, saber como tinha sido o dia de Henrique e Valéria, assistir a um filme romântico na tevê, para relaxar, e dormir para esquecer aquele 20 de dezembro.

Mas o caminho de volta não ia ser fácil. Isso ela sentiu logo ao sair do conforto do ar-condicionado para o sufocante calor da rua. Cansada e atormentada pelo suor, que picava seu corpo como se nele tivesse aparecido um formigueiro, receava desmaiar e ser arrastada pela multidão dividida entre os que corriam para as lojas sonhando com maravilhosas compras e os que, como ela, ansiavam por fugir depressa daquele inferno e descansar um pouco.

Um cheiro enjoativo de transpiração e desodorante barato veio com o vento quente e, no seu estômago, o presunto e o queijo do almoço se transformaram em um gosto azedo que subiu à garganta.

Um esbarrão a fez apertar a bolsa contra o peito. Se roubassem seu dinheiro, ela teria de ir para casa a pé. Não ia ser nada agradável, mas pior seria se levassem os documentos. Tirar outros daria um trabalhão, além dos gastos.

Suspirou. Precisava parar de se preocupar tanto com as contas e as despesas. A situação estava melhorando. A segunda parcela do seu décimo terceiro tinha sido depositada naquele dia e Henrique estava de novo trabalhando.

Pensando que estaria quase feliz se encontrasse uma forma de se entender melhor com a filha, que andava muito nervosa e estranha, pegou o primeiro ônibus. Estava lotado, mas decidiu não esperar outro. O vento trazia nuvens baixas e ameaçadoras e, água por água, preferia a do chuveiro. Não queria correr o risco de amarrotar ainda mais aquele vestido. Só tinha mais dois que poderia usar sem passar por mendiga, mas esses estavam na pilha de roupa suja que ela pretendia lavar no fim de semana.

Depois de uma hora de trancos e solavancos, desceu do ônibus quase sem acreditar que estava ali, tão perto de casa. A sandália começou a torturar os pés inchados e, torcendo para que não aparecessem bolhas e o aguaceiro esperasse mais um pouco para desabar, ela se esforçou para andar mais depressa.

A dor nos dedos tornou-se insuportável e seu peito chiava como o de um asmático. Mesmo assim, quando entrou no saguão e chamou o elevador, estava sorrindo. Era só um sorriso de alívio, meio tímido, meio esquivo, mas não deixava de ser um sorriso. Lar, doce lar, apesar de tudo. Só esperava não ficar meia hora presa entre um andar e outro, como tinha acontecido uma semana antes. Aquele elevador andava aprontando.

6   *Vida longa para Henrique*

Quando a chuva começou, Henrique parou na porta de um barzinho, para se abrigar. Se não tivesse perdido vinte minutos na loja, escolhendo os dois presentes que levava com tanto orgulho, já estaria dentro de um ônibus. Mas não se arrependia de ter obedecido ao impulso.

Faltavam quatro dias para a véspera do Natal e em qualquer um ele poderia fazer a compra. Mas o coração, ansioso, tinha ordenado que ele a fizesse naquela noite, talvez por medo de que depois pudesse faltar o dinheiro, ou por um pressentimento qualquer. Corações têm essas esquisitices.

Esperando a chuva diminuir, acendeu um cigarro, o quinto do dia e o último do maço. Queria abandonar o vício e já tinha conseguido uma vitória. Vinha fumando cada vez menos. Mantendo a força de vontade, esperava que com o fim do mês viesse também o fim de sua história de fumante. Pagar para ficar doente não estava entre os seus projetos para o novo ano.

Soltou algumas baforadas, feliz porque eram as antepenúltimas, talvez as penúltimas, quem sabe até as últimas. Baixou os olhos para o relógio e, ao erguê-los de novo, uma mulher de turbante, mais velha do que moça, miseravelmente vestida, com duas argolas nas orelhas e o rosto extravagantemente pintado, estava com a mão estendida para ele.

— Me arranja um cigarro?

O sotaque era estranho. Ela seria húngara? Alemã? Polonesa? Henrique tinha quase certeza de que era húngara, mas sua convicção vacilou quando ela repetiu a pergunta.

— Me arranja um cigarro?

Ele apontou o maço amassado no chão, mas ela insistiu.

— Você não vai me negar um cigarro, vai?

Henrique fez um sinal com a mão, pedindo a ela que esperasse, e foi até a caixa. Voltou com um novo maço, já aberto. A mulher pegou um cigarro, que ele acendeu.

— Obrigada — ela agradeceu sorrindo, depois de aspirar longamente a fumaça. — Eu estava doida para fumar um. Quer saber de uma coisa? Posso ficar sem comer, mas sem isto eu não passo. Ô, vício desgraçado!

Henrique concordou com a cabeça. A mulher não ficou satisfeita. Parecia querer uma declaração formal.

— É ou não é?

— É — ele disse. Esticou o pescoço para fora do bar, avaliando a chuva. Será que aquela cigana chata não tinha mais ninguém com quem conversar?

— Pode ficar sossegado. Essa chuva tem fôlego só para mais uns cinco minutos.

Henrique gostou disso. Chuva com fôlego era uma bonita imagem. Sorriu.

A mulher atirou para a rua o cigarro, imediatamente tragado pela água que invadia a calçada. Ele jogou também o dele.

— Vou ler a sua sorte — ela avisou, pegando a mão de Henrique.

Sentindo cócegas com o contato do dedo dela em sua palma, ele teve vontade de rir. No rosto da mulher havia agora uma compenetração profissional.

— Vejo que você andou muito preocupado, mas a situação está melhorando. Você vai ter muito progresso no trabalho. Cuidado com a saúde. Ela é boa, mas convém não abusar. No ano que vem, seus sonhos vão se realizar e você passará momentos felizes com as pessoas que ama. A linha da vida, esta aqui, revela que você vai morrer só aos oitenta e oito anos, rodeado de carinho e respeito. Vejo também, aqui, uma grande surpresa para as próximas semanas ou para os próximos dias. Amanhã ou depois de amanhã. Talvez até hoje. É. Acho que vai ser hoje mesmo. Uma grande surpresa.

Soltando a mão de Henrique, a mulher comentou:
— Boas notícias, hem?
E sugeriu:
— Acho que elas valem um dinheirinho para o café, não valem?

Ele teve então uma ideia. Tirou o maço de cigarros do bolso.
— O dinheiro está curto, mas você pode ficar com isto.
— E você?
— Acho que a partir de hoje não vou precisar mais de cigarros.

— Isso não está escrito na sua mão — ela brincou.

— Mas você é quem sabe.

Henrique deu-lhe também o isqueiro.

— Eu não disse a você? — perguntou a cigana.

— Disse o quê?

— Que a chuva acabava em cinco minutos?

Ele olhou para fora. A tempestade estava transformada em chuvisco. Fez um tchauzinho para a mulher e tinha dado já dois passos quando a curiosidade o forçou a voltar.

— Só mais uma coisa. De onde você é?

— Sou mineira de Uberlândia.

— Eu não acredito. E esse sotaque?

Ela deu uma gargalhada bem gostosa.

— Isso eu inventei só para impressionar a freguesia. Funciona, não funciona?

---

7   *Um doido na chuva*

Debaixo da chuva feroz e sacudidos pelo vento raivoso, Valéria, Rodrigo e Roseli tinham acabado de atravessar uma rua já cheia de poças e completamente escura, porque o temporal havia apagado todas as luzes, quando um carro, passando veloz rente à guia alagada, acabou de encharcar os três, na calçada. Enquanto Valéria e Roseli xingavam o motorista, Rodrigo ergueu o braço e o ameaçou:

— Vem aqui, vem, folgado. Vem, que eu te arrebento o focinho.

O motorista já estava uns cinquenta metros adiante, mas pareceu ter ouvido o desafio. Brecou, engatou a ré e veio, raspando as rodas na guia e dando outro banho de água suja nos três.

Assim que o carro parou, Rodrigo segurou os palavrões e os murros que tinha preparado. Rindo, gritou:

— Esta não!

Valéria e Roseli também estavam rindo.

— Eu não acredito. É o Sílvio Maluco, Rô.

— Só podia. Pra fazer um negócio desses, só dois caras. Ele e ele mesmo.

Sílvio Maluco estava feliz como um garotinho depois de ter feito uma travessura.

— Vocês dizem que eu sou doido, mas vocês é que são. Vão entrar ou ficar aí de bobeira? Quem gosta de chuva é lavoura.

— Sílvio, você é o maior caradura, está sabendo? Esfola com a esquerda e alisa com a direita. Primeiro encharca a gente, depois vem com a toalha...

— Ah, qual é? Vai ficar reclamando de uma roupinha molhada? Se é por isso, olhe só. Vou empatar o jogo.

Ele abriu a porta, desceu e começou a saltar em cima das poças da rua, gritando como um índio de faroeste americano.

— Uuuh! Uuuh! Uuuh!

Logo estava tão molhado quanto os outros.

— E agora? — perguntou. — Já posso entrar pra turma?

Valéria, Rodrigo e Roseli sentiam-se como se estivessem num circo, vendo um palhaço. Um ônibus lotado passou, deixando exclamações no ar:

— Aí, imbecil!

— Ô, orelhudo!

— Bicha louca!

— Sai dessa vida, doidão!

Com as pontas do indicador e do polegar unidas, Sílvio fez um gesto que provocou novas manifestações dos passageiros, mas estas ele não pôde ouvir, porque o ônibus já tinha se distanciado.

— Bom — ele disse, apontando a roupa —, agora que nós estamos empatados, vamos entrar no carro e dar uma geral por aí. Tenho uma jogada pra nós.

Valéria e Rodrigo sentaram-se atrás. Roseli ficou na frente, com Sílvio.

— Nós não podemos deixar esse lance pra amanhã? — propôs Valéria. — Minha mãe, a esta altura, já deve estar ligando pros hospitais e necrotérios. Você sabe como ela é. Acho melhor eu ir pra casa.

Sílvio protestou:

— Que casa, que nada. Casa já era. E mãe só serve pra isso mesmo. Encher o saco e chorar. Já viu mãe fazer alguma outra coisa? A minha não faz. Agorinha mesmo, quando eu disse que ia sair com o carro dela, ameaçou contar pro velho. Eu ri na cara dela. Ela sempre ameaça e não conta nunca. Quando viu que eu ia sair mesmo, entrou na segunda parte do programa. Começou a chorar. Buááá. Deve estar chorando até agora. Azar dela. Quem manda querer ser mãe?

8 *Um pacote debaixo do banco*

O carro estava subindo uma ladeira. No fim dela, se entrasse à direita, Sílvio poderia deixar Valéria e Roseli no prédio delas. Mas ele acelerou e, depois de passar por várias ruas fracamente iluminadas, parou ao lado de um parque deserto. Rodrigo estranhou:

— Ei, Sílvio, qual é a jogada? Um piquenique?

— Eu, hem? Quem gosta de piquenique é formiga. Eu estou noutra.

— E qual é?

— Calma, cara. Que afobação! Se você não relaxar, vai ficar sem o prêmio.

— Prêmio? — perguntaram ao mesmo tempo Valéria e Roseli. E pensaram: será que aquele maluco tinha levado o que vinha prometendo?

— Desembucha logo, cara — insistiu Rodrigo, como se estivesse diante do maior enigma. Mas também ele já imaginava o que era.

— Vocês já vão ver.

Curvando-se, Sílvio ficou procurando alguma coisa embaixo do seu banco. Sentada ao lado dele, Roseli curvou-se também, tentando ver o que Sílvio estava fazendo. Depois de alguns instantes, ele ergueu a cabeça e anunciou:

— Achei.

Com a luz interna do carro apagada, ninguém conseguia ver o que havia na mão dele.

— Chega de mistério — pediu Rodrigo, mas Sílvio não disse nada.

— Vocês já vão ver — anunciou Sílvio.

A chama de um fósforo brilhou na escuridão e logo um cheiro ardido impregnou o ar.

— Turma, vocês sabem o que é isto aqui ou eu vou precisar dar uma aulinha?

Depois da pergunta, Sílvio fez uma pausa longa, criando suspense. Em seguida, ele mesmo respondeu:

— Vocês sabem, claro que sabem. Isto aqui é a porta do paraíso, o caminho para os sonhos, a escada para as estrelas e para o céu.

— Agora você é camelô, é? — disse Roseli, nervosa. Sentia que dali a um momento estaria diante de uma difícil decisão.

— Sou camelô, sim. E trago de graça pra vocês, meus amigos, um produto que garante o que a humanidade mais quer: a felicidade. Sou feliz e quero dividir minha felicidade com vocês.

No banco de trás, Valéria e Rodrigo, sob tensão igual à de Roseli, também imaginavam o lance seguinte e sabiam que a jogada da amiga ia influir na jogada deles. Fazia algumas semanas que Sílvio Maluco tinha fumado seu primeiro cigarro de maconha e vinha dizendo que também eles precisavam entrar naquela, que era uma boa. A curiosidade mandava que torcessem para Roseli fazer uma coisa. O medo mandava que torcessem para ela fazer outra.

A hora H chegou. Sílvio estendeu o cigarro a Roseli.

— Eu não sei se estou a fim, Sílvio.

— Ei, qual é? Eu não acredito. Não vai me dizer que você é bunda-mole, vai?

— Não, Sílvio. Só não sei se estou a fim. Acho que preciso pensar melhor sobre isso, sei lá.

— Não precisa dizer mais nada. Olha aí, pessoal, como ela é frouxa. Eu já sei. Você não vai querer nem hoje, nem amanhã, nem depois. Você...

— Você está me dizendo que eu sou careta?

— E não é? Ela é ou não é, galera? Que mal tem uma tragadinha? Uma só.

O cigarro passou para a mão e para os lábios de Roseli. Sílvio aplaudiu:

— Aí. Vai fundo, garota.

Rodrigo e Valéria se olharam, trocando um sorriso nervoso.

---

9   *Tudo mal, mas tudo bem*

Assim que chegou ao apartamento, a primeira coisa que Vera fez foi sentar-se no sofá e tirar a sandália. Lembrou-se com desgosto do dente quebrado e olhou com desgosto para os pés. Os dedos estavam marcados. Precisava banhá-los em água morna, para que na manhã seguinte estivessem prontos para entrar de novo na sandália apertada. Era a menos lamentável que tinha.

Depois de lutar com a tentação de continuar sentada no sofá até o fim dos séculos, levantou-se lentamente, ouvindo um estalo de osso no joelho que tinha machucado de manhã e sentindo nas costas uma dorzinha chata.

— Ai, meu Deus — resmungou. — Não cheguei nem aos quarenta e já estou assim...

Descalça, caminhou da sala para a cozinha, notando com desprazer, logo no primeiro passo, que o chão estava todo empoeirado. Fez uma cara de nojo ao ver a louça imunda esparramada na pia. Era estranho não ter havido ainda uma invasão de baratas e formigas. Talvez nem elas tolerassem tanta sujeira...

Abriu a geladeira e o que viu não foi nada agradável: uma travessa de salada de tomate descolorido e alface murcha, um pimentão amassado, nem verde nem vermelho, um tubinho de mostarda e um resto de refrigerante.

No fogão, uma panela de arroz destampada e um pirex com um molho de mau aspecto, no qual boiava algo parecido com uma salsicha.

Com um resto de esperança, abriu o micro-ondas, mas nele não havia nada além de alguns respingos e de um resto de pão de forma no prato giratório.

— Este é o jantar que eu pedi a Deus — ela resmungou de novo.

Sentou-se em um dos três banquinhos da cozinha — se pusesse cadeiras ali, o espaço ficaria ainda menor — e, com os cotovelos na mesinha, apoiou o rosto nas mãos, com vontade de chorar. Dali a pouco Henrique chegaria, morto de fome, e o que ela teria para oferecer?

A filha, mais uma vez, não tinha cuidado nem da limpeza nem da comida e Vera sentiu que, se Valéria chegasse naquele momento, talvez desse uns tapas nela.

Levantou-se do banquinho e, como primeira providência para recuperar o ânimo, decidiu ir lavar o rosto

no banheiro. A chuva anunciada finalmente chegou e, escancarando a pequena janela da sala, ela sentiu o conforto do vento úmido.

— Ah, que delícia!

Voltou para a cozinha. Colocou uma panela com água no fogão e se pôs a lavar a louça na pia. Quando a água ferveu, jogou dentro um pacote de macarrão e pegou uma lata de sardinha. Não era um banquete, mas era melhor do que nada.

Depois de enxugar a louça e guardá-la no armário, esparramou três pratos na mesa, pondo ao lado de cada um deles um garfo. Com o macarrão já quase no ponto, sentiu uma agulhada de preocupação. Já havia passado a hora de a filha e o marido chegarem. Era provável que estivessem demorando por causa da chuva, mas não era impossível que tivesse acontecido alguma coisa grave. Numa cidade como aquela, o que não faltava era violência.

Será que Henrique tinha ficado para fazer hora extra? E Valéria? Não estranharia se ela chegasse toda arrebentada. Nos últimos tempos, ela não se limitava a jogar futebol com aquelas amigas doidas, no campo de terra da escola. Jogava também com os meninos, na quadra de futebol de salão do clubinho, e até na rua, no meio dos carros.

Vera não sabia se o pior era a filha ficar correndo atrás de uma bola, como se fosse um moleque, ou passear pelo bairro com a Roseli, aquela cabeça de vento, com o Rodrigo, outro desligado, e com o Sílvio Maluco (o Sílvio Maluco, santo Deus!), que tinha aqueles olhões vermelhos e aquela cara de... de... doido.

— Será que aquele menino não anda metido com drogas? — ela perguntou, em voz alta. Depois, riu. Daquele jeito, falando sozinha, logo o nome dela ia mudar para Vera Maluca...

Quando estava quase cedendo à tentação de jantar sem esperar ninguém, lembrou-se de que não tinha tomado banho e foi para o chuveiro. Não chegou a cantar, mas já não parecia ressentida com as desventuras do dia, nem muito cansada. Por amor à família, estava de novo disposta a perdoar e a compreender. E pensou, com um início de remorso, que talvez estivesse pegando demais no pé da filha.

10 *Pisa fundo, motorista*

Em pé no ônibus, segurando-se com uma das mãos, na outra Henrique mantinha com cuidado seus dois preciosos pacotinhos, tentando protegê-los dos encontrões que a todo momento ameaçavam amassar o fino papel no qual estavam embrulhados e jogá-los ao chão. Molhada pela chuva, a roupa dos passageiros exalava um cheiro horrível. Havia cansaço nos rostos e alguns dos felizardos que tinham conseguido lugar para se sentar cochilavam.

Vários pontos da cidade já estavam inundados e, quando o ônibus passava por algum deles, lançando água sobre os carros, três ou quatro rapazes interrompiam a cantoria que improvisavam no fundo e aplaudiam:

— Aí, motorista! Beleza!

— Vai firme!

— Afoga esses veadinhos!

Carros empacados, com o pisca-pisca aceso, também causavam gritaria.

— Lata-velha!

— Carroça!

— Bagulho!

Para aqueles office boys, empacotadores de supermercados e entregadores de encomendas, não poderia haver melhor espetáculo: ver um ônibus, pelo menos uma vez na vida, levar vantagem sobre os carrões de milionários e executivos. No dia seguinte, tudo voltaria ao que era sempre. Mas naquele a vitória estava garantida e era como se o pior time de futebol da Terra, o deles, tivesse conquistado o campeonato mundial.

Esse era o sentimento no ônibus, quando de repente se ouviu um ruído forte, acompanhado de solavancos. Os passageiros ficaram olhando uns para os outros, com um mau pressentimento logo confirmado pela voz desanimada do motorista.

— Pifou, pessoal. A embreagem já era. O negócio é descer e esperar o próximo.

Novamente debaixo da chuva, ficaram torcendo para que o ônibus seguinte viesse logo. Ele demorou meia hora e, quando chegou, quase lotado, houve um milagre: todos os passageiros do ônibus quebrado conseguiram entrar nele, apesar dos protestos de quem já estava dentro.

— Ei, o que é isso?

— É, o que é isso? A gente paga a passagem pra viajar que nem animal!

Os invasores revidaram:

— Nós também pagamos.

— Não temos culpa se o nosso ônibus quebrou.

Com o bate-boca aceso e alguns empurrões de parte a parte, talvez a situação acabasse em pancadaria, se o motorista não tivesse advertido:

— Calma aí, turma. Vamos maneirar, senão eu não dou a partida.

Nesse momento, um gaiato, imitando voz de garota, implorou:

— Ah, meu capitão. O que é isso? Vamos sair loguinho, que eu já estou começando a sentir as contrações. Ai! Ai! Eu não vou querer ter meu nenê no meio desta gentalha. Toca já pro hospital, queridinho!

A gargalhada foi geral. Era o que faltava para todos esquecerem o desconforto e a vontade de brigar.

Para Henrique, estava ainda mais difícil manter intatos seus dois pacotinhos. Era impossível levantar a mão para dar uma espiada neles, mas sabia, pelo tato, que um deles já estava meio amassado. Por isso, quando chegou seu ponto de descer, ele parou um pouco — enquanto os outros passageiros que também tinham descido ali seguiam seu caminho — para desamarrotá-lo.

11 *A cigana estava certa*

Por causa da chuva e do defeito no ônibus, Henrique estava atrasado uma hora e meia. Até a padaria tinha fechado as portas e a escuridão na rua era quase total. Nela, só ressoavam seus passos, afundando nas poças. Ao longe, um coro desafinado de cachorros e um alarme de carro, já meio sufocado de tanto soar.

A força do hábito fez Henrique apalpar o bolso em que guardava os cigarros. O vazio que encontrou o fez sorrir. Tinha deixado o maço, o isqueiro e o vício com a cigana de Uberlândia. Isso aliviava sua consciência de um antigo peso. Nos meses em que havia ficado sem emprego, angustiava-se com o dinheiro que gastava todo dia para comprar cigarros.

Faltavam duzentos metros para chegar ao prédio em que morava, quando viu dois rapazes. Vinham andando em sentido contrário e, a dez passos dele, um perguntou:

— Tem horas aí, tio?

Enquanto tentava, no escuro, enxergar o mostrador do relógio, os dois se aproximaram e, quando Henrique informou que eram dez e quinze, um deles, com uma voz que se esforçava para parecer adulta, mandou:

— Isso não interessa, tio. Encosta aí no muro e passa toda a grana.

Pensando que fosse uma brincadeira, Henrique sorriu e gracejou:

— O que eu tenho aqui não dá nem pra duas fichas de fliperama.

— Cala a boca e levanta as mãos — ordenou o garoto que ainda não tinha falado, empurrando-o para o muro.

Já assustado, Henrique ergueu as mãos e teve os bolsos revirados por um dos rapazes, enquanto o outro mantinha bem à mostra um canivete comprido e um sorriso de deboche.

Depois do dinheiro, tiraram-lhe o relógio, e ele, assustado com as histórias do que costumava acontecer a quem reagia a assaltos, se conservou calado até quando pegaram sua identidade. Estava disposto a facilitar tudo,

*Fazendo espirrar água a cada passo,
Henrique corria sentindo o fôlego cada vez mais curto.*

para que aquilo acabasse logo. Ouviu então o garoto que segurava o canivete dizer ao outro:

— Vê o que ele tem naquela mão.

Aí, Henrique achou que já era humilhação demais. Se continuasse tão dócil, aqueles dois iam acabar tirando até sua calça. Não podiam fazer aquilo com um homem.

Fingiu que ia entregar os dois pacotinhos e, quando o garoto estendeu a mão para apanhá-los, ele acertou um pontapé no seu joelho e começou a correr. Pensou em escapar na direção do seu prédio, mas sua passagem foi barrada e ele voltou a tomar o rumo da padaria.

Fazendo espirrar água a cada passo, ele sentia o fôlego cada vez mais curto e os pés cada vez mais pesados. Pensou em gritar, mas sua voz falhou, estrangulada na garganta. Talvez os empregados da padaria ainda estivessem lá dentro, lavando o chão. Com essa esperança, e com o coração ameaçando estourar o peito com suas batidas desencontradas, tentou correr mais rápido.

Mas a padaria ainda estava longe no momento em que, aterrorizado, ouviu as passadas dos perseguidores tão perto que um braço esticado, com um canivete na ponta, poderia alcançar suas costas.

Henrique sabia que homens ameaçados de morte podiam ter reações estranhas. Uns enlouqueciam com o pânico, outros viam passar vertiginosamente no cérebro um filme em que toda a sua vida era recapitulada em segundos. Ele, sem saber se estaria vivo no instante seguinte, se lembrou da conversa com a cigana de Uberlândia.

Seria aquela a grande surpresa prevista por ela ao ler sua mão?

12 *Também estou nessa*

Rodrigo não resistiu à pressão de Sílvio. Se Roseli, uma garota, tinha topado, ele podia dizer não? Deu duas tragadas, lutando contra uma coceirinha de tosse na garganta, e pôs o cigarro na mão de Valéria.

Valéria vacilou por uns dez segundos. No seu cérebro se embaralharam duas imagens: a de uma amiga — contando como havia se divertido num bailinho e depois dele com um rapaz que tinha uns inacreditáveis olhos verdes e uns cigarrinhos diferentes — e a da mãe — lendo para ela trechos de uma reportagem sobre drogas. A amiga dizia que tudo tinha ficado mais lindo já depois das primeiras tragadas: a música, os olhos do rapaz, os beijos. E a mãe acentuava as tragédias dos que se drogavam e de suas famílias: perda de emprego, acidentes, loucura, morte.

Sorriu, pensando como aquilo se parecia com a velha história das flores despetaladas na brincadeira do bem-me-quer, mal-me-quer. Sentiu que vivia um momento dramático e, ao mesmo tempo, comum. Afastou a imagem da mãe e, procurando convencer-se de que aquilo, no fundo, não passava de uma experiência como outra qualquer, puxou a fumaça e ficou atenta a Rodrigo, a Roseli e a Sílvio. Parecia esperar que eles se transformassem repentinamente em anjos ou demônios.

Tudo que tinha ouvido sobre os efeitos da maconha era meio vago. As informações falavam desde uma sensação de bem-estar e relaxamento até um estado de agitação e vertigem em que as cores se tornavam incrivelmente brilhantes.

Por enquanto, ela não se sentia nem tranquila nem elétrica. Talvez não tivesse feito aquilo direito, apesar de todas as dicas dadas por Sílvio em algumas conversas, ou talvez Sílvio não fosse tão esperto quanto pretendia parecer.

Imaginar como a mãe devia estar furiosa e louca de preocupação foi, para ela, a prova mais do que provada de que podia estar tudo, menos desligada.

Olhou curiosa para Rodrigo: e aí? Ele respondeu erguendo os ombros e pondo as palmas das mãos para cima: nada. Nesse instante, Roseli virou o rosto para o banco de trás, encarou os dois e riu. Mas era um riso normal — o riso de Roseli, sem nada de estranho ou diferente.

Sílvio Maluco, pronto para iniciar a segunda rodada, deu três puxadas fundas e passou de novo a vez a Roseli.

— Vamos dar mais uns tapas, galera. Daqui a pouco, vocês vão entrar no maior barato. Este bagulho aqui é dos quentes. Faz até defunto perneta dançar rock.

Disse isso e ligou o som. Uma guitarra enlouquecida invadiu o carro e um cantor começou a gemer, uivar, ganir. Para Valéria, era como se ele tivesse mil vidas e estivessem matando uma atrás da outra, da primeira à milésima, cada vez com mais fúria e crueldade. Assim que imaginou isso, ela achou a ideia tão louca que, por um instante, teve uma dúvida. Seria aquele o primeiro efeito do cigarrinho?

Concluiu que não. Não precisava de nenhuma droga para imaginar aquilo. Nas redações para o colégio, não era elogiada por escrever sempre mais de trinta linhas sobre qualquer tema, quando os colegas não conseguiam completar nem quinze, mesmo fazendo cada letra ocupar o espaço de duas ou três?

Quando chegou sua vez, na segunda rodada, sentia algo parecido com sono. Mas também não deu muita importância a isso. Devia ser normal. Já estava liberta da tensão das tragadas iniciais, não havia ninguém falando dentro do carro e o suplício do cantor, acompanhado pelas queixas agudas da guitarra, já não atingia seus tímpanos com tanta aspereza. O volume do som não tinha sido baixado, mas parecia que tinha.

Procurou engolir a fumaça com mais força do que na primeira rodada. O cigarro estava no fim. Sílvio virou-se para trás, zangado.

— Ô, mina. Vai devolver ou não vai? Eu não quero ser chato, mas assim acaba virando zona. Vamos organizar esta bagunça. Vocês precisam aprender uma coisa. Quem dá o primeiro e o último tapa é sempre o dono do treco!

Para Valéria, o único dos quatro que dava a impressão de estar agitado era Sílvio, mas isso não era novidade. Se fosse tranquilo, por que o chamariam de Maluco?

Desde que tinha ido morar no bairro, havia provado que merecia o apelido. Um primo nada parecido com ele, quieto e todo certinho, garantia que a fama de doido de Sílvio era antiga. Desde os cinco anos, quando sua maior satisfação era se apresentar pelado diante de visitas, a família sabia que ele era diferente.

A mãe, dona Maria, que tinha lido uma dúzia de livros na adolescência, achava esse exibicionismo um bom sinal: o menino seria um grande artista — talvez escritor, quem sabe músico ou, com alguma sorte, até um galã de teatro e de tevê, por que não?

O pai, seu Abílio, nascido numa família de padeiros e criado para manter essa tradição, também queria que o filho brilhasse, e brilhasse muito, mas atrás de um balcão. Ele ia ficar meio estranho na caixa, com aquele brinquinho que usava, mas seu lugar — seu Abílio não tinha dúvida — era na padaria. Ele estava com dezesseis anos e, quando chegasse aos dezessete, seu destino estava traçado: trabalhar com o pai.

Seu Abílio não ignorava o apelido de Sílvio e às vezes até o considerava justo. Mas não conhecia nem metade das loucuras que tinham construído a fama do filho. Se, naquela chuvosa noite de 20 de dezembro, soubesse onde ele estava e o que planejava, pararia imediatamente de contar o dinheiro ganho no dia e de fiscalizar o serviço de limpeza feito pelos empregados, já com as portas da padaria fechadas. Pegaria o carro e correria até o parque escuro.

13 *Roleta paulista*

— **A**gora vamos aprontar de verdade. Detonar. Barbarizar. Querem saber onde eu estou? — perguntou Sílvio aos amigos.

Ninguém teve tempo de dizer nada. Improvisando uma musiquinha e uma letra, ele começou a cantar:

— Eu estou na boca do dragão
    E estou doidão
    E estou feliz.
    Com fumaça dentro do pulmão
    Eu estou feliz,
    Eu estou doidão.
    Pá, palapapim,

Palapapim, palapapão.

Alguns segundos depois, o carro estava a cem por hora, atravessando as sonolentas e molhadas ruas do bairro. De vez em quando, Sílvio apertava com força o breque, parecia que ia perder o controle, dava um cavalo de pau e retomava o rumo, berrando:

— I-i-i-u-pi-i-i!

Roseli, Rodrigo e Valéria faziam coro:

— I-i-i-u-pi-i-i!

Habituados a essas corridas alucinantes, os três estavam ansiosos para saber se alguma coisa iria mudar naquela noite, se sentiriam os arrepios de sempre ou não.

Não censuraram Sílvio quando ele tentou passar por cima do gato. Ele sempre fazia essas tentativas quando via algum bicho, mesmo que precisasse subir na calçada. Na primeira vez, eles tinham se chocado. Depois se acostumaram. Era só mais uma das maluquices do amigo.

Continuaram achando que tudo estava igual às outras noites, até o instante em que Sílvio gritou:

— Estão curtindo? Sabem o que é isto? É a verdadeira roleta paulista!

Notaram então que, quando chegava a um farol vermelho, ele não freava nem diminuía a velocidade. Passava todos como se o único automóvel rodando na cidade fosse o dele ou como se o seu fosse um carro fantasma, fora do tempo e do espaço, invulnerável a tudo.

— I-i-i-u-pi-i-i! — ele berrava, cada vez mais alto, como se em cada farol vermelho ultrapassado vencesse a morte.

— I-i-i-u-pi-i-i! — eles repetiam, sentindo-se também poderosos e invencíveis. Nada poderia ameaçá-los, nada poderia atingi-los.

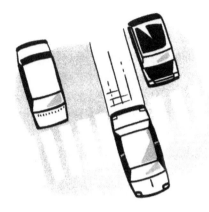

Depois de provar sua imortalidade em mais de vinte faróis fechados, os quatro se cansaram do jogo.

Com o carro parado numa rua escura, um sopro de vento já frio, depois da chuva, entrou pelos vidros abertos. Roseli bocejou, logo seguida por Valéria. Rodrigo se espreguiçou. Só Sílvio não parecia disposto a relaxar.

— E aí, vamos partir pra outra? — ele perguntou.

E recomeçou a cantarolar.

— Eu estou na boca do dragão
E estou doidão
E estou feliz.
Com fumaça dentro do pulmão
Eu estou feliz,
Eu estou doidão.
Pá, palapapim,
Palapapim, palapapão.

Ninguém respondeu ao convite. Estavam com sono. Sílvio insistiu:

— Vamos até o viaduto atravessar a gradinha na ponta dos pés? Vocês topam? Quem for equilibrista é só me seguir. Ou vamos pular lá de cima e abrir as asas no meio do pulo? Deus não dá asas pra quem precisa?

Vendo que ninguém estava no pique dele, cuspiu uma porção de palavrões antes de desistir:

— Vocês não são de nada! Já sei o que vocês querem. Querem ir pra casa, dormir no colinho da mamãe, depois de uma sopinha da vovó e uma historinha do papai.

Berrou mais um monte de palavrões e fez o carro arrancar. Passando de novo todos os faróis, verdes, amarelos ou vermelhos, logo ele estava derrapando na curva e entrando na rua onde Roseli e Valéria moravam.

14 *Um cadáver depois da curva*

Roseli, no banco da frente, viu os faróis iluminando um grupo de pessoas agachadas e tapou os olhos com as mãos. Era impossível Sílvio Maluco brecar a tempo. O grito do freio, agudíssimo, foi seguido por uma guinada brusca para a direita e outra, mais violenta ainda, para a esquerda.

Chiando como uma frigideira, o carro deslizou no chão molhado, foi para um lado e para o outro, ameaçou um cavalo de pau e finalmente parou, atravessado, com a frente para uma calçada e a traseira para a outra.

Quando desceram, Sílvio, Roseli, Rodrigo e Valéria se assustaram. Quatro homens, em pé, gesticulavam freneticamente e gritavam. No chão, estendido, estava um vulto que parecia ser outro homem.

Sílvio murmurou para os três amigos:

— Eu não estou entendendo nada. Vocês viram que eu não atropelei ninguém. Acho bom a gente dar no pé, senão vai complicar.

Os quatro homens tinham se aproximado, sempre gesticulando, e Sílvio entendeu então o que gritavam. Era um pedido de ajuda. O mais agitado deles explicou:

— Socorro, gente. Esse homem aí está muito ferido e precisa ir urgente para um pronto-socorro. Ele foi assaltado, levou umas facadas e perdeu muito sangue. Está inconsciente. O companheiro aqui viu os dois pivetes fugindo. Nós ligamos ali do orelhão para o resgate e para a radiopatrulha, mas... Podemos pôr o homem no carro?

Sílvio recuou alguns passos, contrariado. Encher de sangue o carro da mãe? Nem pensar. Ela jogava de titular no time dele e vinha escondendo coisas que enfureceriam o pai, se fossem reveladas a ele, mas como ocultar manchas de sangue no estofamento? E, mesmo que não houvesse esse problema, como ele podia chegar a um hospital levando um ferido? Iam pedir explicações, lógico que iam, e como ficaria a situação dele, sem carta de motorista e sem idade para dirigir?

— Moço, você não vai negar auxílio a um moribundo, vai? — perguntou o homem.

Sílvio já ia pular para dentro do carro e escapar, quando uma radiopatrulha, com a sirene ligada, fez a curva, entrou na rua e parou. Dois policiais saltaram e, enquanto um se abaixava para examinar o homem estendido, o outro perguntou:

— Foram vocês que ligaram?

— Fomos — confirmaram os quatro homens ao mesmo tempo.

— Nós chamamos também o resgate — explicou um deles.

O guarda que estava agachado se levantou e, balançando a cabeça, disse:

— Não adianta mais resgate nem nada. O homem está morto.

Os quatro homens começaram a se lamentar. Dois deles fizeram o sinal da cruz. Sílvio aproveitou para pegar o carro e sair dali.

Rodrigo aproximou-se do morto e parou, assombrado. Virou o rosto para Roseli, aflito, e mais aflito ainda para Valéria.

Roseli, depois de olhar para o corpo ensanguentado, abraçou Valéria e tentou tirá-la dali. Mas Valéria, apesar do pressentimento que fazia tremer suas pernas, olhou também para o homem estirado no chão.

Seu coração começou a se agitar como um peixe fisgado, os olhos encheram-se de lágrimas e a garganta, apertada por um súbito nó, vomitou longamente, doloridamente, como se ela tivesse descoberto naquela noite que tudo era triste, podre e inútil na vida.

Amparada por Rodrigo e Roseli, sentiu-se como se tivesse quarenta, cinquenta, cem anos. Nada mais seria como antes. Lembrou-se das brigas bobas com o pai, dos pedidos de desculpa que tantas vezes ela havia pensado em fazer e nunca havia feito, dos desgostos que tinha dado a ele, e começou a doer-lhe no peito a insuportável certeza de que não poderia modificar mais nada. E — reconhecia agora — teria sido tão simples mudar...

Teve consciência da grandeza do pai, apesar da sua humildade de homem comum, e sufocada pelo remorso se pôs a gritar:

— Pai, perdão. Perdão, pai. Ah, meu pai.

— Ele é seu pai, garota? — perguntou um dos policiais. — Onde você mora?

Ela respondeu a essa e a mais uma ou duas perguntas. E, depois de resistir muito, deixou-se levar por Rodrigo e Roseli, vendo aproximar-se a cada passo o luminoso do prédio, onde, no minúsculo apartamento, a mãe, preocupada, podia imaginar tudo, menos o que ia saber dali a pouco.

15 *Agora, só nós duas*

Vera queria que o velório fosse no apartamento mesmo. Os amigos e parentes quase podiam se contar nos dedos. Da família dela só restava uma irmã, que morava em outro Estado e não tinha telefone. Da família de Henrique, ninguém, a não ser uma prima que não se sabia onde andava.

Mas Valéria, impressionada, acabou convencendo a mãe a levar o corpo para um velório municipal. Antes, precisavam esperar que ele fosse liberado pelo Instituto Médico Legal, para onde tinha sido levado.

A mãe de Roseli, dona Zezé, logo se prontificou a ajudar em tudo o que pudesse. Por sorte, o marido, seu Lucas, tinha um amigo no instituto e deu boas dicas a Vera, para que a liberação fosse rápida.

Mesmo assim, não foi fácil. Deixando Valéria no apartamento, com Roseli, Vera pegou um táxi e, meia hora depois, desceu diante de um prédio sinistro onde ficavam, até que alguém as reconhecesse, as vítimas da violência na cidade. Gente acidentada, atropelada, assassinada. Entre elas, estava Henrique.

A liberação demorou mais do que Vera imaginava e quando, com os olhos vermelhos de choro e sono, ela chegou em casa, o sol já estava aparecendo. Depois de um banho, bebeu apressadamente um café sem açúcar, acordou a filha, que tinha dormido sentada no sofá, com a amiga, esperou que ela se aprontasse e, sob o sol já forte das nove horas, as duas foram para o velório.

No caminho, Vera comentou com Valéria que, se a mãe de Roseli não tivesse oferecido o túmulo da família, ela não ia saber como fazer. Onde ia arranjar dinheiro para comprar um?

Valéria não perdeu a oportunidade.

— Eu não disse, mãe, que a dona Zezé é legal?

— É, às vezes a gente pensa que uma pessoa é uma coisa e não é. Eu achava que ela era fútil, que não ligava para nada nem para ninguém, e parece que me enganei, e me enganei muito. Ela me perguntou onde ia ser o enterro, eu disse que não sabia e ela logo viu qual era o problema. Sem eu pedir nada, ela foi logo oferecendo o túmulo da família. Foi bonito. Não sei se eu, no lugar dela, ia ser assim generosa. Acho que não. E sabe de uma coisa?

— Não, mãe. O que é?

— Eu me surpreendi também com a Roseli. Ela é sua amiga mesmo.

— Ela é um amor. Mãe, o pai está muito... muito... impressionante?

— Não, Val. Ele está bonito, como sempre foi. Parece que só dormiu um pouco e já vai acordar.

Valéria abraçou a mãe e pediu que ela não chorasse.

— Filha, tudo que eu tiver para chorar eu quero chorar hoje. Depois, chega. Vamos precisar ser fortes agora, mais do que nunca. Somos só eu e você. Vamos ter de conversar sobre algumas coisas, depois. Uma delas é o apartamento. O contrato está vencendo, e eu não sei onde, mas acho que a gente vai precisar arranjar um apartamento mais barato.

— Ah, mãe, nada disso, por favor. Eu gosto tanto de lá! Já estou entrosada com a turma e...

— Eu sei, Val. Mas, para ficar lá, nós íamos precisar economizar cada centavo.

— Mais do que nós já fazemos?

— Muito mais.

— Mas é bom você ver uma coisa, mãe.

— O que é?

— De lá até o consultório você só pega uma condução.

— É verdade. Isso é uma vantagem.

— Então. Já pensou se você consegue um apartamento mais barato, mas aí precisa pegar três conduções? Não vai adiantar nada. É ou não é?

— É, Val. Mas agora não é hora de falar sobre isso. Depois a gente conversa.

---

16 *Meu nome é Almeida*

Chegaram ao velório municipal. Na entrada, um painel indicava que as seis salas estavam ocupadas. Enquanto Vera e Valéria consultavam o painel para ver qual delas era a de Henrique, um homem de cabelos brancos e voz fanhosa comentou:

— Como se morre nesta cidade, hem? Barbaridade! Quem não morre de morte morrida morre de morte matada...

Quando entraram na sala 4, a de Henrique, as duas viram uma faixa, a única que havia ali: "Saudades dos colegas da Cestas Almeida".

Os dois homens que olhavam com tristeza para Henrique, um de cada lado do caixão, formavam uma cena que, se a situação fosse outra, talvez arrancasse gargalhadas de Valéria e Vera.

Um era alto, magro, ainda jovem e cabeludo. O outro era baixinho, gorducho, sessentão e careca. Pelo vivo contraste entre eles, pareciam estar prontos para um comercial de tevê ou para um número de circo.

O velho curvou-se, ficando menor ainda, para cumprimentar Vera.

— A senhora é a dona Vera?

— Sou, sim.

— Meus pêsames.

— Obrigada.

— Eu gostaria de conhecer a senhora em uma ocasião menos... menos...

— Eu entendo. O senhor é...

— Almeida. Seu telefonema deixou todos na firma chocados. Eu vim aqui para me colocar à sua disposição.

— Obrigada. O Henrique falava muito no senhor. Ele era um grande admirador seu.

Seu Almeida parecia comovido.

— Era bondade dele, dona Vera. Ele era um homem generoso.

— É, ele era. Muito.

— Ele falava também muito da senhora. Esta é sua filha?

— É. A Valéria.

Seu Almeida curvou-se outra vez e deu a mão a Valéria.

— Meus pêsames.

Enquanto Valéria agradecia, o homem alto, que estava do outro lado do caixão, deu a volta e a abraçou. Em seguida, fez o mesmo com Vera.

— Meu nome é Atílio. Eu trabalhava com o Henrique e sinto demais o que aconteceu. Toda esta história

parece mentira. Ontem ele estava tão animado, e agora... Não dá mais para viver nesta cidade. É só assalto, roubo, crime. A polícia já pegou os bandidos que fizeram isto com ele?

— Não sei — respondeu Vera. — E nem quero saber, eu acho. Não vai me trazer o Henrique de volta.

— É verdade — concordou Atílio. — E, se fossem prender todos os bandidos, onde iam pôr tanta gente? Desculpe. Eu não devia ter falado nisso. Eu só reabri as suas feridas.

— Tudo bem. Depois do que eu passei lá no Instituto Médico Legal, acho que nada mais vai me impressionar.

— Deve ter sido terrível.

— Foi. Foi, sim.

Lágrimas começaram a descer pelo rosto de Vera. Seu Almeida perguntou se ela precisava de lenço, mas ela abriu a bolsa e pegou um.

— Olhe, dona Vera, eu sei que a hora não é muito apropriada, mas o Henrique me contou as dificuldades de vocês e, se a senhora me permitir, eu... eu...

— Pode falar à vontade, seu Almeida.

— Eu quero perguntar se a senhora está necessitando de alguma coisa.

— Não, seu Almeida. Obrigada. Ontem eu recebi o meu décimo terceiro e deu para pagar as despesas do caixão e do velório.

— Ontem eu depositei a segunda parcela do décimo terceiro dele no banco, dona Vera. Tomara que ele não tenha retirado muito dinheiro. Você sabe de alguma coisa, Atílio?

— Não, seu Almeida. Eu não fui com ele ao banco. Mas acho que ele não tirou muito, não. Ele me contou que quase tudo estava reservado para pagar as contas, no fim do mês, e disse que talvez só fosse comprar um presente para a dona Vera e outro para a... Como é mesmo o nome dela?

— Valéria — respondeu Vera.

— Além do décimo terceiro que foi depositado no banco — continuou seu Almeida —, eu trouxe aqui um cheque para pagar a segunda quinzena, do dia 16 ao dia 31, e também as férias proporcionais.

— Mas nesta quinzena ele só trabalhou do dia 16 ao dia 20 — lembrou dona Vera, espantada com a generosidade do homem.

— Se não fosse essa desgraça, ele ia trabalhar bastante tempo com a gente, eu tenho certeza. Ele gostava de lá e nós gostávamos muito dele, também.

— Muito — concordou Atílio.

Vera pegou de novo o lenço na bolsa.

— Obrigada, mais uma vez, por tudo.

— Ah, eu estava esquecendo o mais importante. A

firma faz seguro coletivo de vida e acidentes pessoais para os funcionários.

— É, eu sei. O Henrique me deu uma apólice para guardar.

— Não é nenhuma fortuna, mas é um dinheiro que deve servir para alguma coisa, principalmente nesta fase em que a senhora e a Valéria vão ter de se adaptar a uma nova vida. Aconselho a senhora a procurar já amanhã a seguradora. Eu não entendo bem disso, mas, como a morte do Henrique não foi natural, acho que a senhora tem direito a uma indenização em dobro. Qualquer dúvida, pode me telefonar. E agora, se a senhora me desculpar, eu e o Atílio vamos nos despedindo. Boa sorte para a senhora e para a Valéria.

— Boa sorte para o senhor também, seu Almeida. O senhor merece.

Os dois homens foram embora e, por umas duas horas, Vera e Valéria ficaram sozinhas com Henrique, lembrando coisas dele. O remorso voltou a angustiar Valéria. Ele tinha sido um bom pai. E ela? Podia dizer que tinha sido uma boa filha?

Vera tinha levado na bolsa algumas fotos e as duas foram vendo, em cada uma delas, o sorriso daquele homem bom e cheio de vida que nunca mais sorriria e nunca mais contaria a elas aqueles planos que mesmo nas piores fases ele nunca deixava de fazer.

Eram sonhos simples, de uma pessoa simples: uma casa só deles, que não precisava ser grande, um emprego estável, que garantisse todo mês o dinheiro necessário para as despesas, e um carrinho para que ele, a mulher e a filha pudessem de vez em quando dar uma voltinha até a praia.

Tudo estava acabado para ele. E seus últimos prazeres, os dois pares de brincos baratos mas bonitos comprados para Vera e Valéria, estavam agora nas mãos de dois garotos, provavelmente viciados, que os trocariam por uma pedra de crack ou um pouco de maconha.

Os amigos, poucos, foram chegando ao velório: uma colega de Vera, dona Zezé e mais quatro ou cinco moradores do prédio, além de Sílvio, Rodrigo e Roseli. Valéria olhou com ressentimento para Sílvio. Não era supersticiosa, mas doía-lhe pensar que, enquanto o pai estava sendo morto, ela fazia algo que nem ele nem a mãe aprovariam.

Às três horas, sob um começo de garoa, Henrique foi enterrado.

17 O beijo da traição

Depois de um Natal muito triste, Vera e Valéria tentaram criar coragem para suportar a ausência de Henrique. Os primeiros dias foram estranhos. Às vezes, pareciam ter esquecido que ele estava morto. Vera se censurava, num sábado ou num domingo, por não ter preparado tal ou qual prato, preferidos por Henrique, antes de lembrar que já não havia prato capaz de entusiasmá-lo. E Valéria se surpreendia pensando em fazer ao pai perguntas às quais ele não podia mais dar resposta.

O dinheiro do seguro de vida deu certa tranquilidade às duas. Não era muito, mas, depois de pagas algumas dívidas, sobrou o bastante para abrirem uma caderneta de poupança. O rendimento, embora pequeno, ajudava a pagar parte das despesas. Vendo-se sozinhas, elas sentiram a necessidade de se unir mais. Vera policiava-se para não brigar com a filha por pequenas coisas e Valéria esforçava-se para não dar motivos de zanga à mãe.

Quando recordava aquela noite no parque, era oprimida por um sentimento de culpa. Talvez não se sentisse assim se aquela não tivesse sido também a noite da morte do pai. Era uma coincidência, ela sabia que só podia ser, mas isso a incomodava tanto que chegava a imaginar que talvez tivesse sido um aviso, ou até um castigo. Mas, se Deus queria adverti-la, precisava ter sido tão cruel?

Depois da morte do pai, tinha ficado dois dias sem ânimo de sair de casa. Na manhã do terceiro dia, foi ao supermercado, com uma lista de compras pedidas pela mãe. Na seção de frutas, uma menina muito linda beijava um garoto. Não conhecia a menina, mas o garoto interrompeu o beijo quando a viu. Era Rodrigo. Ela foi embora sem comprar tudo de que precisava.

Cinco minutos depois de chegar ao apartamento, a campainha tocou. Valéria abriu a porta e, antes que Rodrigo dissesse uma palavra, ela avisou:

— Não adianta inventar desculpas. Pode ir dando o fora. Você foi rapidinho, hem? Dois dias sem me ver e vupt! Já arranjou outra. Parabéns. Ela é uma gracinha.

— Ela é só uma colega da minha escola.

— Ah, é? Lá vocês têm curso de sobrevivência?

— Sobrevivência???!!!

— É. O que ela estava fazendo com você não era uma respiração boca a boca?

Antes de bater a porta na cara de Rodrigo, exigiu que ele nunca mais falasse com ela. Depois, foi para o quarto, enfiou-se debaixo do cobertor, apesar do calor que fazia, e chorou até entrar num sono cheio de pesadelos.

Ao acordar, tentou se convencer de que a briga vinha numa ótima hora. Não queria mais ver a cara de Rodrigo, e isso ia ajudá-la a jamais repetir a experiência daquela noite no parque.

Surpreendeu a mãe, naquele dia mesmo, dizendo que não via a hora de recomeçarem as aulas.

— Não é só pelo futebol, Val? — perguntou Vera, sorrindo.

Alguns dias antes, essa pergunta provocaria um bate-boca. Mas, por causa da trégua que as duas tinham estabelecido, Valéria respondeu sem irritação:

— Um pouco é, não vou negar. Em abril começa o intercolegial e o nosso time tem chance de ser campeão. Mas quero ver também se eu estudo mais, pra não passar sufoco.

Aproveitando a boa vontade da filha, Vera revelou um projeto.

— Sabe o que eu pensei, Val? Você devia entrar num curso de computação. Você não vivia dizendo que estava a fim de fazer um? Então. Acho que chegou a hora. Mas precisa ser um curso sério. Não esses cursinhos de um mês. Hoje, quem não sabe computação não arranja emprego decente. O pouco que eu sei eu aprendi na raça. E foi muito bom aprender. Não sei se eu já contei, mas no mês que vem os médicos lá do consultório querem que todas as fichas antigas de pacientes comecem a ser colocadas no computador. Eles iam fazer o serviço fora, mas eu me ofereci para fazer.

— Mas, mãe, quando você vai fazer isso? Você já anda tão cansada. Se você vai fazer isso pra pagar o curso, pode esquecer. Eu posso esperar.

— Val, trabalhar cansa, mas não mata. Toda noite eu vou ficar lá duas horas depois do expediente e tocar o serviço. Vai dar para ganhar uns bons extras. É coisa para muitos meses. Com o dinheiro, acho que a gente paga o curso e ainda sobra.

Valéria tentou convencer a mãe de que ia ser muito sacrifício para ela, mas Vera nem quis ouvir os seus argumentos. O assunto estava encerrado e pronto. Queria que a filha, no dia seguinte mesmo, fosse à escola de informática para saber quanto custavam a matrícula e as mensalidades e quais eram os horários disponíveis.

— O ideal seria pegar o período da tarde. Assim, de manhã você vai ao colégio e à tarde faz o curso. Matrícula à noite só se eles não tiverem vaga à tarde. Combinado?

Valéria disse que sim e viu alegria e alívio no rosto da mãe. Para Vera, a rebeldia da filha não parecia mais um problema sem solução. Abraçando-a, Valéria ficou arrepiada ao imaginar a decepção dela se soubesse o que havia acontecido no carro de Sílvio Maluco alguns dias antes.

18 *Eu te amo, Val*

Vera, depois do horário normal de trabalho, passava para o computador os dados dos pacientes mais antigos do consultório. Era um serviço que, além do cansaço, a deixava tensa. Não podia haver erros. A responsabilidade a fazia pensar em desistir. Mas, quando isso acontecia, ela se lembrava de Valéria e recuperava a coragem. As duas tinham acertado o que cada uma faria na vida nova e ela não estava disposta a quebrar o pacto. Cumpriria sua parte e esperava que a filha cumprisse a dela.

Valéria já estava no curso de informática e tinha descoberto, logo na primeira semana, que seu entusiasmo ia diminuindo dia a dia. Só não contou isso à mãe para não desapontá-la. Sentia-se cada vez mais apática, aérea, sonolenta. Roseli vivia dizendo que ela estava virando uma perfeita sonsa e que, se a causa era o Rodrigo, era bobagem dela. Ele tinha jurado nunca mais ter visto a garota do supermercado.

— O que ele vê ou não vê não me interessa mais. Eu não estou nem aí.

— Eu não acredito. Você está falando isso só por falar. Você ainda gosta dele, eu tenho certeza. E ele continua louquinho por você.

— Rô, se você vai ficar falando do Rodrigo, a conversa vai acabar aqui.

— Val, você não quer ir uma noite destas com a gente ao parquinho? Você nunca mais foi, depois daquela... daquela noite.

— Não, Rô. Pra mim, aquilo acabou.

— Eu acho que você devia ir. Pelo menos pra conversar...

Outras vezes, Roseli insistiu no convite. Valéria dizia sempre que não, que nunca mais. Até que uma noite, fingindo ir a uma festa de aniversário de uma colega do curso de informática, reencontrou-se com a turma.

Não recusou o cigarrinho passado por Sílvio nem os beijos e os abraços de Rodrigo. Perdoou a traição dele e sua paixão voltou com tanta força que, se ele pedisse, naquela noite ela teria ido além dos beijos e dos abraços. Curtiu cada momento, riu das maluquices de Sílvio e até cantou com ele a musiquinha do dragão. Roseli estava certa. Nada como estar com os amigos e se divertir.

Na volta, Roseli deu uma piscada marota e subiu, deixando Valéria e Rodrigo sozinhos na porta do prédio.

— Vocês têm muito pra conversar. Tchau.

Os dois beijaram-se mais do que falaram. Valéria estava no céu. Como tinha podido viver todo aquele tempo sem Rodrigo? E Rodrigo parecia estar lendo os pensamentos dela.

— Eu te amo, Val.

19 *Jogando nas duas*

Rodrigo e Valéria ficaram quase uma hora dizendo o quanto se amavam, recuperando o tempo perdido. Mas, de repente, Rodrigo fechou a cara.

— O que foi? — quis saber Valéria.

— Nada.

— Como nada?

— Eu estou só pensando.

— Pensando em quê?

— Acho que estou fazendo papel de idiota.

— Não estou entendendo.

— É o Sílvio, Val.

— O que tem ele?

— Ele exigiu dinheiro de você lá, não foi?

— Não. Ele pediu e eu dei. Pra mim, é justo. Pra você não é? Ele não está aí pra patrocinar as viagens de ninguém.

— Eu acho que esse cara está jogando em duas.

— Jogando em duas?

— É. Ele está no tráfico, também.

— Como é que você sabe?

— Eu não tenho prova, mas andei ouvindo umas coisas por aí. Pra mim, esse cara está pagando as viagens dele com o lucro que tem com a gente.

— Você acha mesmo que ele...?

— Acho. Parece que ele compra de um tal Tiãozinho, lá na favela.

— Isso eu sei também.

— Dizem que não é só pra gente que o Sílvio vende. Parece que ele anda negociando firme aí.

— Será?

— Eu acho que sim. Sempre estranhei aquela história de ele fazer a propaganda da coisa, até a gente topar. Você não?

Valéria despediu-se e subiu para o apartamento com aquela dúvida, mas não falaram mais sobre isso nas outras noites em que, com variados pretextos, ela voltou a passar com ele, com Roseli e com Sílvio, no parque.

20 *A última viagem*

Nos primeiros dias depois de voltar a fazer parte do grupo, Valéria sentiu a consciência pesada por estar gastando naquelas noites com os amigos um dinheiro tão duramente ganho pela mãe. Depois, aos poucos, esqueceu o remorso. Talvez não fosse uma boa filha, mas não devia ser a pior de todas. Além de tudo, achava que, se um dia julgasse necessário, poderia parar com a droga.

Uma noite, Rodrigo, que já não ia ao parque com tanta frequência, avisou à turma:

— Gente, pra mim chega. Foi a minha última viagem.

— Qual é a sua? Você vai dar pra trás agora, meu chapa? — estranhou Sílvio.

— Quer saber de uma coisa? Eu entrei nesta pra não

— Só sei de uma coisa. Com maconha eu não chego a lugar nenhum — reagiu Rodrigo.

bancar o bundão. Achava que ia ter prazer e, se você está a fim de ouvir a verdade, o prazer que eu tive não valeu a pena. Vivo brigando com os meus pais, não consigo dormir direito e os meus nervos estão a mil.

— Essa desculpa não cola, cara. Por que, então, você dizia que era legal?

— Eu não queria cortar o barato de vocês. Mas o prazer sempre durava pouco e, quando acabava, sabe o que eu tinha? Pesadelo e arrependimento. Só.

— Nossa. O que é isto? Um discurso? Cara, deste jeito você acaba deputado.

— Pode até ser. Só sei de uma coisa. Com maconha eu não chego a lugar nenhum.

— Você precisa entrar em outra, mais da pesada. Se vocês quiserem, amanhã eu trago. Você vai ver, Rodrigo. É uma loucura! Eu sei do que estou falando. Maconha é coisa pra amador.

Rodrigo encarou Sílvio.

— É, eu sei. Eu tenho lido no jornal e visto na tevê. São viagens incríveis mesmo. É só ver a cara dos otários. Eles não conseguem nem falar. Só babam. Você também deve ter visto. Ou será que você não tem tevê em casa? Você baba também?

— Ei, espera aí. Também não é assim.

— Ah, já sei. Você vai vir com aquele papo manjado, vai dizer que sabe se controlar.

— É isso mesmo. Sabendo se controlar, você...

— Olhe só quem diz. Justo você, um maluco. Muitos caras que falavam dessa bobagem de controle já fizeram a viagem sem volta, você sabe disso.

— É que eles compraram trecos que não estavam com nada. O meu fornecedor é quente.

— Não dá pra conversar com você. Você não tem mais jeito.

— Eu sempre achei que você era careta, mas não sabia que era tanto. Você não vai ser deputado, não. Vai ser padre. Padre Rodrigo. Quá, quá, quá.

— Você pode achar o que quiser de mim, mas eu vou cair fora. Já estou cheio de quebrar o pau com o meu pai e a minha mãe e de ouvir que eu estou esquisito. Se continuar assim, vou acabar explodindo. A velha, coitada, não desconfia do que eu ando fazendo, mas o velho já está de olho em mim.

— E daí?

— Pra você, isso pode não representar nada, mas eu gosto dos dois e acho uma sacanagem o que estou fazendo.

— Ai, ai, ai, que rapaz direito, gente — zombou Sílvio.

— Pode brincar, mas eu não quero ficar doido como você. Pra mim, chega mesmo. E vocês duas eu acho que também deviam tirar o time de campo.

— Você não acha que o problema é nosso? — reagiu Roseli.

— É. Qual é a sua? Você está pensando que é o quê? Meu pai? — perguntou Valéria, furiosa. — Meu pai já morreu.

Ela disse isso e se espantou na mesma hora. Fazia muito tempo que não falava assim rispidamente com Rodrigo. Um pensamento passou rápido pelo seu cérebro: será que a droga já era tão importante para ela?

Havia mágoa na voz de Rodrigo quando ele disse:

— Bom, se vocês querem continuar fazendo o papel de idiotas...

Rodrigo saiu pisando duro e, embora os três apostassem que logo ele estaria de novo com eles, nunca mais apareceu para os encontros no parque e nunca mais falou com Sílvio. Quando via Roseli e Valéria, mudava de calçada. Valéria, que antes não aguentava ficar longe dele, agora também o evitava e, quando o via, resmungava:

— Panaca!

21 *Em que mundo você está?*

Chegou o mês de março. Valéria e Roseli estavam mais unidas do que nunca. De manhã, iam juntas para o colégio, sentavam-se em carteiras vizinhas, não se separavam nos intervalos das aulas e, no fim delas, voltavam tagarelando para casa.

À tarde, Valéria, que fazia tempo não ia mais às aulas de informática, chamava Roseli e as duas ficavam juntas até a noite, de preferência na casa de Valéria, onde ninguém poderia perturbá-las. Era mais seguro lá do que no apartamento de Roseli. Dona Zezé quase sempre saía à tarde, para visitar amigas e fazer compras, mas a presença da empregada, sempre muito curiosa, não as deixava à vontade.

Sozinhas, com as janelas abertas para dissipar o cheiro, elas se entregavam cada vez mais. Já não conseguiam se limitar às experiências compartilhadas com Sílvio, à noite. Com maconha comprada dele, mergulhavam cada vez mais profundamente num mundo que, meses atrás, não conheciam.

Valéria não estava se empenhando tanto na escola quanto havia prometido à mãe e, no futebol, andava decepcionando Osvaldo, o professor de educação física. Não prestava atenção às jogadas ensaiadas, nos treinos, e perdia gols feitos, um atrás do outro. Com a principal jogadora do time transformada subitamente numa perna de pau, o sonho de ganhar o campeonato intercolegial se desfazia.

— Meu Deus, o que está acontecendo com você, Val? — perguntou um dia o professor.

— Perguntou alguma coisa, Vadão?
— Perguntei. O que está acontecendo com você?
— O quê?
— Perguntei o que está acontecendo com você!!!
— Comigo?
— É.
— Nada.
— Sabe o que eu acho? Que você não é você.
— Eu não sou eu? Eu sou quem, então?
— Você é a sua irmã gêmea. E a sua irmã gêmea não sabe jogar futebol...

22 *Onde está aquele maluco?*

Vera vinha notando certos sinais de mudança em Valéria, mas ia adiando a conversa que pretendia ter com ela. Receava que, mostrando-se desconfiada, pudesse fazer voltar o clima de brigas entre elas.

Mas a maior transformação tinha ocorrido com Sílvio. Ele, que antes parecia um palhaço, andava agora atacado pela melancolia. Falava de Deus, da origem da vida e da finalidade do homem na Terra. No seu rosto apareceram algumas marcas, e os olhos, inchados, fizeram o pai desconfiar que ele andava bebendo. Pediu à mulher que ficasse atenta a ele, mas dona Maria, sempre disposta a encobrir os erros do filho, censurou o marido.

— Abílio — disse ela —, cuide da padaria, que do menino cuido eu.

Sílvio tornou-se tão insuportável que, nas conversas delas, Valéria e Roseli agora o chamavam de Sílvio Chato. Gostava de fazer o papel de mártir incompreendido pela humanidade e tinha crises de choro.

— Eu acho que ele está entrando numas pesadas demais. Será que não é isso, não? — um dia Valéria perguntou a Roseli.

— Será? Acho que não. Aquele doido já nasceu assim.

Uma noite, enquanto o esperavam, Valéria e Roseli conversaram sobre essa mudança de Sílvio e chegaram à conclusão de que só continuavam a aturá-lo porque ele vendia a maconha para elas.

Paradas numa esquina perto do parque, ouvindo gracinhas e convites, elas foram ficando aflitas. Já fazia mais de uma hora que estavam ali. Com o trabalho extra que vinha fazendo no consultório, a mãe de Valéria chegava só depois das dez e dona Zezé e seu Lucas não eram de cobrar horários de Roseli. Mas não convinha facilitar.

Da ansiedade as duas passaram ao desespero. Como iam aguentar permanecer sóbrias naquela noite e na tarde seguinte? Resolveram esperar mais vinte minutos, acabaram ampliando a tolerância para meia hora e, quando viram que Sílvio não vinha mesmo, foram embora com uma certeza: precisavam com urgência arranjar um fornecedor e esquecer aquele maluco.

Na volta, Roseli foi para o apartamento de Valéria. Ligaram a tevê, mas a todo instante ficavam mudando de canal. Não conseguiam se fixar em nenhum programa. Habituadas à dose noturna, sentiam sua falta.

Mordendo o lábio e apertando e desapertando as mãos, levantavam-se e voltavam imediatamente a sentar-se no sofá.

— Rô, será que a gente não devia ter esperado um pouco mais aquele cretino?

— Não. Ele deu o cano mesmo, Val.

— Será que ele...

— Será que ele o quê? — A voz de Roseli estava insegura.

— Não sei. Eu estava aqui pensando. Ele não vive dizendo que nós somos idiotas demais e não sabemos curtir o barato?

— Vive. Mas você acha, Val, que ele ia tirar a gente da jogada? Nisso o Rodrigo estava certo. O Sílvio paga os bagulhos dele com a grana que ganha da gente. Sai de graça pra ele.

— Eu sei, Rô. Mas com o Sílvio nada tem lógica. Ele é doido. E doido é capaz de tudo.

— É aquilo que nós conversamos, Val. Nós precisamos fazer contato com o cara que vende pra ele. Ou então procurar outro. Ficar dependendo desse maluco não vai dar pé. O que ele pensa que nós somos? Um fósforo que ele risca e joga fora?

— Como é mesmo o nome do cara? É Tiãozinho, não é? O drama é ir até a favela. Você tem coragem de ir lá?

— Só se eu puxar um fuminho antes — brincou Roseli.

— Ah, nem fale nisso, Rô. Que vontade! Amanhã, a gente mata a aula e vai, bem cedo.

Com a decisão, tranquilizaram-se por alguns momentos, mas logo estavam amaldiçoando Sílvio outra vez. Quando a campainha tocou, as duas saltaram do sofá, alvoroçadas. Seria ele?

Quando Valéria abriu a porta, ela e Roseli tiveram uma grande surpresa. Diante delas estava Rodrigo, com quem elas não falavam já fazia algum tempo. Ele parecia assustado.

— Oi, Rô. Oi, Val.

23 *Eu não acredito*

Rodrigo estava pálido. O suor empapava sua camiseta e descia também da testa para o rosto. Parecia ter perdido a voz. Continuou parado na porta. Valéria perdeu a paciência.

— Você está treinando pra fazer papel de mudo? Ou você fala já o que quer ou eu fecho a porta na sua cara. Ai, Rô, que falta está fazendo um porteiro lá embaixo. Qualquer um, agora, vai entrando aqui no prédio. Assim não dá. Como é, vai falar ou não vai?

Rodrigo ficou calado por mais uns segundos. E, quando falou, Valéria e Roseli notaram insegurança na sua voz.

— Aconteceu uma coisa muito chata com o Sílvio.

As duas tiveram o mesmo pensamento. Do jeito que aquele maluco andava abusando, o pai só podia mesmo acabar sabendo.

— Seu Abílio descobriu tudo? — perguntou Roseli.

— Seu Abílio? Não. Ele não sabe o que aconteceu. Ninguém ainda teve coragem de contar, com medo de o velho ter um enfarte. Ele ainda está na padaria.

— Contar? Contar o quê? — Valéria estava agitada.

— Ele caiu no rio com o carro.

— O quê? Eu não acredito.

— Vocês acham que eu ia brincar com um negócio desses?

— E como ele está?

— Ele... Ele está morto.

Valéria e Roseli se abraçaram, começando a chorar.

— Quando foi isso?

— Parece que foi agora há pouco, Val.

— E como aquele doido foi fazer isso? Será que ele estava brincando de roleta?

— Acho que não. Aquele trecho da avenida nem farol tem. E fazer roleta como, com o trânsito desta hora?

As duas se olharam, com uma pergunta na ponta da língua. Será que, atormentado como andava, Sílvio Maluco tinha resolvido... Não, não queriam acreditar nisso. Suicídio aos dezesseis anos?

24 *Na favela, atrás de Tiãozinho*

Assim que recebeu a notícia da morte de Sílvio, seu Abílio começou a agir como se fosse um robô. Não fazia nada além de chorar e de repetir a todos os que tentavam consolá-lo:

— Obrigado. Obrigado. Que fatalidade! Este meu menino valia ouro. No ano que vem, ele ia começar a trabalhar comigo na direção da panificadora. Meu Deus, como eu vou suportar esta desgraça? Obrigado. Obrigado. Que fatalidade! Como ele foi sair com o carro?

Dona Maria, a mãe de Sílvio, para não admitir a sua culpa nem a do filho, defendia-se de minuto em minuto com a mesma frase:

— Foram as más companhias, foram as más companhias.

De manhã, quando Valéria e Roseli chegaram ao velório na casa de Sílvio, com as mochilas da escola, não tiveram coragem de dar os pêsames a dona Maria. Ao vê-las, ela fechou o rosto e repetiu a frase, com raiva e amargura:

— Foram as más companhias, foram as más companhias.

Receando que ela armasse um escândalo, as duas saíram apressadas.

— Ai, que ódio, Rô. O que aquela bruxa está pensando? Você viu como ela olhou pra nós? Me deu vontade de abrir o jogo e dizer pra toda aquela cambada que foi o filho dela quem meteu a gente nessa história. Ah, eu estou fervendo de raiva.

— Calma, Val. Você precisa dar um desconto. Ela acaba de perder o filho.

— O filho dela está numa boa. Não precisa mais ficar correndo atrás de nada. E nós? Ele deixou a gente na pior.

— Val, vamos já pra favela. Eu estou doida pra fumar unzinho.

— Rô, qual é mesmo o nome do cara? Eu sempre esqueço.

— É Tiãozinho, Val.

— Ah, é. Vamos lá.

À medida que se aproximavam da favela, foram se impressionando com a miséria, exposta sem piedade pelo sol. Era impossível dizer quantos barracos havia ali. Um penetrava no outro e as vielas entre eles só permitiam que passasse uma pessoa por vez.

Na entrada, um barraco um pouco maior do que os outros ostentava na frente uma tabuleta carcomida pelas chuvas e pelo tempo: Bar do (o resto estava apagado). Dentro dele, quatro homens encostados em um balcão de madeira já podre bebiam cachaça, conversando com o dono, que tinha um litro de bebida na mão. Na prateleira atrás dele, só cinco ou seis garrafas de pinga e uma de vermute ordinário, com o rótulo meio rasgado.

— Com licença. Nós podemos entrar?

O dono do bar sorriu, mostrando a boca desdentada. Os quatro fregueses se viraram, curiosos. Um deles, de bigodinho insolente, camiseta regata e os braços cheios de tatuagens, cuspiu um pedaço de palito e convidou:

— Claro. Mulher sempre pode.

Seu olhar de cobiça avaliou Valéria e Roseli dos pés à cabeça, enquanto o dono e os outros três fregueses faziam o mesmo, um pouco menos ostensivamente. Depois do exame, ele deu a nota.

— Dez pra vocês. Dez e meio. Nunca vi duas panteras mais caprichadas.

Valéria e Roseli, que tinham dado três passos para dentro do bar, pareciam arrependidas.

— Vamos entrando, bonecas — convidou de novo o homem. — Desidério, põe dois rabos de galo aí pras meninas.

O dono do bar pegou dois copinhos embaçados e cheios de trincas. Colocou em cada um deles uma dose de cachaça e um pingo de vermute e anunciou:

— Pronto. O melhor rabo de galo do Brasil.

— Não, obrigada — recusou Valéria. — Nós viemos só pedir uma informação.

— É — confirmou Roseli. — Só uma informação.

— Vocês não vão querer me ofender, vão? — perguntou o homem que tinha oferecido as bebidas.

— Não — disse Valéria.

— De jeito nenhum — reforçou Roseli.

— Então vocês vão entrar e tomar o aperitivo. Depois, a gente conversa.

As duas entraram, mas recusaram de novo as bebidas.

— Infelizmente, o Desidério não vende leite — gracejou o homem. Depois, em dois goles esvaziou os dois copos.

— Vocês não sabem o que perderam — ele comentou, passando a língua maliciosamente pelos lábios.

Só ele e Desidério pareciam ter direito à palavra, ali. Os outros continuavam sem dizer nada.

— O Desidério sabe como fazer um drinque. Ele já trabalhou em bares elegantes, frequentados só por grã-finos.

Ao ouvir o elogio, Desidério mostrou de novo a boca desdentada.

— Isso é gentileza sua, Tiãozi...

— Com licença. Nós podemos entrar?

25 *Se pintar sujeira, vocês dançam*

Enquanto Valéria e Roseli tentavam controlar as batidas do coração, Tiãozinho e os outros três fregueses encararam Desidério com censura.

— Pô, pessoal. Eu... — murmurou Desidério, sem completar a frase.

— Esquece, Desidério. Eu sou o Tiãozinho. Quem são vocês?

— Vilma — mentiu Valéria.

— Rosana — mentiu Roseli.

— Vilma e Rosana? Nomes simpáticos — comentou Tiãozinho. — E o que eu posso fazer por vocês?

— Era o senhor mesmo que nós... — começou Valéria.

— Senhor não. Está me chamando de velho?

— Era você mesmo que a gente estava procurando.

— Ah, é? E por quê?

— Quem mandou a gente aqui foi o Sílvio.

— O Sílvio Maluco?

— É.

— Mandou quando?

— Quando? Agora há pouco. Ele ia vir, mas...

O rosto de Tiãozinho se alterou.

— Como ele mandou agora de manhã, se ontem à noite ele estava mortinho da silva, com direito a flores, caixão e coveiro? Me contem uma coisa. O que vocês são?

— O que nós somos? — disseram ao mesmo tempo as duas.

— É. O que vocês são?

— Somos estudantes — disse Valéria.

— É — confirmou Roseli.

— Então vocês vão me fazer um favor. Vão abrir as mochilas. Vamos, vamos. E vocês três estão fazendo o quê? Vamos, rapaziada. Circulando. Vocês são pagos pra ficar aqui coçando? Se a polícia plantou essas duas aqui, logo nós vamos estar cercados por todos os lados.

Irritado, ele mexeu e remexeu nas mochilas e perguntou onde estavam as identidades escolares das duas.

— Nós não trouxemos — disse Valéria, enquanto Roseli, sem voz, só pensava num jeito de escapar logo dali.

— Sabem de uma coisa? Não gostei do jeito de vocês. Se estão querendo me enrolar, vão cair do cavalo. Se eu fosse vocês, dava no pé já.

— Olhe, não é nada disso — protestou Valéria, enfiando a mão dentro da blusa e pegando, no sutiã, o documento escolar.

— Valéria? — riu Tiãozinho. — Não foi esse o nome que você deu.

— Não — reconheceu Valéria.

— E o nome que você deu também é falso, não é? — ele perguntou, olhando para Roseli.

— É — ela respondeu, envergonhada, também tirando do sutiã o documento da escola.

— Assim a situação melhora. O que vocês querem comigo?

Valéria criou coragem.

— É que o Sílvio arranjava umas coisas pra nós, e agora...

— Coisas? Que coisas? Pode falar claro.

Valéria baixou a voz para dizer:

— Maconha.

— Ah, agora sim, a gente começa a se entender. Vocês querem maconha?

As duas concordaram com a cabeça. Era como se receassem que a conversa estivesse sendo gravada.

Tiãozinho foi até a porta do bar e olhou em volta. Depois, aproximou-se de novo delas.

— Vou ver o que posso fazer. Mas é bom vocês não aprontarem comigo. Se vocês derem uma mancada, vai ser uma só, podem crer. Não tem segunda. Eu acabo com a raça de vocês, estão entendendo? Se eu pegar cana, o chefão livra a minha cara na hora. Pode parecer que não, mas eu sou importante. Já me pegaram duas vezes, e sabem quanto tempo eu fiquei preso? Na primeira vez, uma semana. Na segunda, dois dias. Se vocês me dedarem, podem encomendar a sepultura. Está entendido?

Aterrorizadas, as duas disseram que sim. Os três capangas de Tiãozinho tinham voltado.

— Tudo limpo? — ele quis saber.

Os três fizeram sinal de positivo. Tiãozinho então perguntou quanto Valéria e Roseli tinham. Valéria pegou seu dinheiro e o juntou com o de Roseli.

— Onde vocês recolheram isto? Na igreja? Quá, quá, quá. Que mixaria! Mas eu vou quebrar o galho das duas, porque vocês são uma gostosura. Podem me esperar aqui. Olho nelas, rapaziada!

Com dez passos, ele sumiu no meio dos barracos. Dali a uns cinco minutos, voltou, olhando para todos os lados antes de entrar no botequim. A mão direita estava fechada. Ele a estendeu para Valéria e avisou:

— Foi o que a grana de vocês deu pra comprar.

Valéria enfiou rapidamente o pacotinho no sutiã.

— Vamos embora, Rô?

— Calma! Que pressa! Não vão me dar nem um beijinho de despedida?

Elas foram saindo, enquanto Tiãozinho fazia uma proposta:

— Quando vocês não tiverem grana, a gente pode inventar um rolo. Não é, rapaziada? Pode sair de graça pra vocês.

Os outros todos riram. Quando as gargalhadas acabaram, ele disse:

— Eu estou sempre por aqui. Mas é bom vocês não darem bandeira e nunca se esquecerem do que eu disse. Se pintar sujeira, a gente nunca se viu. Certo? É isso aí. Vocês nunca ouviram falar do Tiãozinho. Se perguntarem quem vendeu a droga, podem dizer que foi o pai de vocês, a mãe, a avó. Eu não existo. Está entendido? Então tchau.

---

26 *A sombra da desconfiança*

Preocupada com Valéria, cada dia mais distante e esquisita, Vera aproveitou uma noite em que encontrou dona Zezé esperando também o elevador para perguntar se ela vinha notando alguma alteração em Roseli.

— Não — disse dona Zezé. — Está tudo normal. Eu não fico muito em cima dela, mas acho que isso é até bom. A gente não deve sufocar os filhos, senão eles se tornam dependentes demais. Meu marido também pensa assim. Mas por que a senhora perguntou?

— Porque eu estou estranhando a Valéria. Ela parece que está sempre no mundo da lua, sonhando não sei com o quê.

— Mas isso é assim mesmo. A Roseli também anda nas nuvens. Acho que é a fase em que elas se envolvem tanto com os namoricos que às vezes não se lembram nem de comer. Por falar nisso, eu não tenho mais visto o Rodrigo. Ele e a Valéria brigaram?

— Ela não me contou nada, mas eu também estou estranhando isso. Os dois não se desgrudavam... Confesso que eu não gosto muito dele, mas a Valéria parecia gostar tanto...

— Vai ver que ela já arranjou outro namorado e está numa boa.

— Pode até ser, dona Zezé. Ela não é muito de se abrir comigo.

— Isso tudo passa. A Roseli também não gosta de falar das coisas dela. É a idade, eu acho.

— Pode ser. Eu só não quero ser surpreendida como a família daquele garoto, o Sílvio.

— Ah, mas não dá para comparar. Aquele era louco. E a mãe dele sabia, só que não queria contrariar o filhinho de jeito nenhum.

O elevador chegou e elas encerraram a conversa. Ao entrar no apartamento, Vera viu Valéria e Roseli com uns livros escolares abertos sobre a mesa da sala e se acalmou. Aquela desconfiança que às vezes sentia devia ser provocada pelo cansaço. O serviço extra no consultório estava arrebentando os nervos dela.

Beijou as garotas e foi para o chuveiro. Não havia melhor remédio. Logo ela estava sorrindo, aliviada. Dona Zezé devia estar com a razão. Filhos precisavam de liberdade. Mesmo assim, prometeu a si mesma ficar atenta ao dinheiro que deixava na gavetinha do criado-

-mudo. Pelo menos, não ficaria mais com a cisma de que de vez em quando faltava ali uma nota. Ah, e precisava perguntar à filha se tinha visto seu anel de ouro. Fazia tempo que não punha os olhos nele. Outra coisa que precisava perguntar era como iam as aulas de informática. Fazia tempo que Valéria não tocava no assunto.

Toda noite ela pensava em tudo isso, mas na manhã seguinte acabava se esquecendo de conferir o dinheiro e de perguntar do anel e das aulas.

Se sobre Valéria pairava essa desconfiança, ainda que leve, sobre Roseli não recaía nenhuma suspeita. Sua família não tinha problemas de dinheiro. O pai estava até pensando em comprar um bom sobrado e sair daquele prédio miserável.

Tranquilas depois de conhecer Tiãozinho, as duas passavam cada vez mais tempo no apartamento de Valéria. Assim que chegavam da escola, ao meio-dia, enfiavam-se nele e esqueciam a família, o mundo, tudo.

O problema eram os sábados e domingos. Com Vera em casa, elas precisavam se arriscar. Procuravam lugares que oferecessem alguma segurança, mas viviam levando sustos. Por isso, quando chegava a segunda-feira, enquanto as outras pessoas exibiam seu mau humor porque precisavam voltar ao trabalho, elas riam à toa.

27 Usuárias ou traficantes?

Valéria não pensava em parar com as drogas, nem poderia mais se imaginar sem elas. E Roseli também não se importava a não ser com Tiãozinho e a saúde dele. Que Deus o conservasse vivo por muitos anos.

Agora, quando iam à favela, ninguém mais estranhava a presença delas. Por isso, na tarde em que, depois de comprar maconha de Tiãozinho, estavam saindo, elas sorriram para o casal que, dentro de um carro velho e amassado, acenou para as duas.

A mulher abriu a porta, saiu e perguntou:

— Mocinhas, vocês podem me dar uma informação?

— Claro — respondeu Valéria, parando.

A mulher estava com um papel na mão.

— Eu tenho um mapinha aqui e queria saber se vocês conhecem uma rua.

Valéria apanhou o papel e não viu nada escrito nele, nem em um lado nem no outro.

— Acho que a senhora se enganou.

— Não me enganei, não — disse a mulher, pegando o pulso de Valéria.

O homem, que tinha descido também do carro, aproximou-se de Roseli e tirou um documento do paletó.

— Nós somos da polícia. Onde está a droga?

As pernas de Valéria e Roseli começaram a tremer.

— Droga? — A voz de Valéria tremia mais do que as pernas.

— É. Não adianta negar. Nós estamos de olho neste pedaço há alguns dias e sabemos que vocês vieram atrás

— Nós somos da polícia. Onde está a droga?

de droga. Nós só não entramos lá porque a equipe de apoio não veio. É melhor vocês confessarem logo. Vai facilitar as coisas. Se não, a policial aqui vai ter de revistar as duas.

— É um engano — protestou Roseli e, puxando o braço de Valéria, gritou:

— Foge!

Arrastada por ela nos primeiros passos, Valéria se pôs a correr com desespero. Depois de alguns metros, já estava sem fôlego e com medo de levar um tiro nas costas. Se achassem que ela era traficante, não podia acontecer isso? Precisava dobrar a esquina e pegar a ladeira que começava depois dela. Escaparia mesmo que fosse necessário ir rolando até lá embaixo.

Assim que virou a esquina, sentiu uma pancada no ombro e, no instante seguinte, estava estendida no chão. Como aquela mulher tinha conseguido fazer aquilo?

Começando a se levantar, com o pescoço engravatado pelo braço da policial, ela viu Roseli, no meio da ladeira, ser agarrada pelo homem. Ele a trouxe de volta e, suando muito pelo esforço, perguntou:

— Vocês são menores, não são?

— S... S... Somos — disse Valéria.

— Usuárias ou traficantes?

— Quieta! — recomendou Roseli.

— Usuárias — respondeu Valéria, sob o olhar de censura da amiga.

Depois de recolher a maconha, o policial disse:

— Se você não está mentindo, o problema de vocês é sério, mas o de Tiãozinho é pior. Vocês podem sair numa boa. Mas precisam admitir que foi ele quem vendeu a droga pra vocês.

— Nós não sabemos o nome de ninguém. Cada dia é um que vende pra nós — mentiu Roseli.

Valéria confirmou, tentando confundir os policiais:

— É. Nunca é o mesmo.

O homem continuou pressionando as duas, enquanto a mulher dava conselhos, dizendo que ou elas entregavam Tiãozinho ou a situação ia ficar muito séria.

— Vocês não entenderam? É ele ou vocês. Se continuarem negando, podem ser consideradas cúmplices dele. Vocês querem isso?

Roseli se conservou calada, mas Valéria, depois de mais um aperto, admitiu:

— Foi ele, sim. Ah, meu Deus, agora ele vai me matar. E vai matar minha amiga, também.

— Vocês não precisam ter medo. Com a ficha que tem, ele vai mofar na cadeia. Onde vocês moram?

Ao entrar no carro, Valéria deu graças a Deus porque não era uma viatura policial. Pensou que não haveria escândalo. Mas, assim que chegaram ao prédio, a vizinhança descobriu o que tinha acontecido e os comentários ferveram.

Ela se sentiu aliviada porque a mãe não estava em casa, mas o alívio durou pouco. Os policiais pediram o telefone de Vera e ligaram para ela, no trabalho.

28 *De quem é a culpa?*

Vera apanhou um táxi, com o amargo pensamento de que só gozava aquele luxo nos piores momentos da vida. Conseguiu não chorar no percurso. Mas, ao descer na frente do prédio e ouvir os comentários sussurrados enquanto entrava no saguão e esperava o elevador, não segurou mais as lágrimas.

Seu primeiro impulso, ao ver Valéria, foi bater nela. Deu-lhe duas bofetadas, mas a falta de reação da filha segurou seu braço antes da terceira.

Enquanto os policiais explicavam que nada aconteceria a Valéria, em troca do depoimento dela e de Roseli contra Tiãozinho, e lhe recomendavam que providenciasse urgentemente tratamento para a filha, ela se esforçava para não perder o controle. Tinha vontade de gritar, de bater a cabeça na parede, de se atirar ao chão.

Quando eles foram embora, ela aos poucos sufocou o desespero e de repente, sem nem perceber como, estava abraçando Valéria. Ficou por alguns instantes assim, sem se mover, procurando lembrar quanto tempo fazia que as duas não trocavam um abraço como aquele. Talvez desde a morte de Henrique.

Queria detalhes do que tinha acontecido, mas sentia que a hora não era boa para aquilo. Soluçando, pediu:

— Desculpe, Val. Acho que a culpa foi toda minha.

Valéria não disse nada.

— Eu não cuidei de você como devia — lastimou-se Vera.

Valéria continuou muda. Isso desesperou Vera, que

sacudiu a filha. Dominada por sentimentos contraditórios, teve de novo vontade de esbofeteá-la.

— Fale comigo, Val. Diga o que você está pensando. Fale, fale. A culpa é minha, não é?

Valéria então abraçou a mãe com mais força ainda e explodiu num choro cheio de soluços.

— Não é, não, mãe.

— É, sim, filha. Você ficou muito sozinha. Eu estava notando que alguma coisa não ia bem com você, mas não quis falar, com medo de que a gente voltasse a brigar. Foi comodismo meu. Mãe e filha precisam conversar sempre. E brigar, se for o caso. O que elas não podem é fingir que não existe problema.

— Eu já disse, mãe. Você não tem culpa.

— Tenho. Nós duas temos. E o único caminho, para nós, é assumir isso.

— Ah, mãe, quer saber? Eu estou me achando... podre.

Vera começou a alisar os cabelos de Valéria e a beijar seu rosto cheio de lágrimas.

— Calma, filha. Isto não é o fim do mundo. Fazia tempo que você estava metida nessa história?

Valéria respondeu de cabeça baixa:

— Fazia. Bastante. Nunca mais eu vou ter coragem de ir ao colégio, de olhar as pessoas. Que vergonha, mãe!

— Vai, sim.

— Eu fiz umas coisas que... Roubei dinheiro seu, não paguei as aulas de informática e...

Vera precisou conter-se para dominar uma nova explosão de raiva, enquanto Valéria continuava a confessar as suas culpas.

— ... e vendi o seu anel por uma mixaria. Quando lembro dessas coisas, tenho vontade de morrer. E, quando penso no Rodrigo, não acredito que pude ser tão idiota.

Vera ficou arrepiada. Seria possível que, além da droga, a filha tivesse feito outra asneira?

— O que tem o Rodrigo?

— Ele me avisou que eu estava numa furada e insistiu pra eu sair, mas eu não quis nem saber. E ainda gozei a cara dele.

— Foi por isso que ele sumiu?

— Foi. Ah, mãe, como eu fui burra. Eu gosto tanto dele! E acho que ele nunca mais vai olhar pra mim.

— Calma, Val, eu já disse. Você vai se livrar deste pesadelo. Mas vai precisar ter força de vontade e ajuda médica. Você sabe disso, não sabe?

Valéria custou a responder.

— Sei, mãe. Sei. Mas não sei se vou conseguir.

— Eu tenho certeza de que vai. Acho que eu posso arranjar tratamento com um psiquiatra, lá com o pessoal do consultório. Sabe como é, eles conhecem muita gente. Talvez até eu consiga um bom desconto. Mas não fique preocupada com dinheiro. Custe o que custar, você vai ficar boa. Amanhã mesmo vou tratar disso. Mas você precisa prometer que vai se esforçar.

— Vou, mãe. Vou, sim — prometeu Valéria, tentando demonstrar uma força que não sabia se tinha.

Enquanto na casa de Valéria o diálogo era esse, na casa de Roseli, apesar de todas as evidências, dona Zezé não queria acreditar no que tinha acontecido.

— Filha, você teve mesmo alguma coisa com isso, como disseram aqueles cretinos, ou só entrou de gaiata?

Roseli não disse nada.

— Você só estava acompanhando a Valéria. É ou não é?

Roseli não respondeu.

— Eu devia ter adivinhado que essa amizade ia dar nisso. Aquela mulher sempre deixou a filha largada por aí. A Valéria só podia ser isso mesmo. Uma drogada. Mas você, filha, eu tenho certeza de que não é. É?

Roseli continuou calada.

Dona Zezé insistiu:

— É?

Roseli balançou a cabeça, sem firmeza: não.

— Eu sabia. Com quem estava a droga?

— Com ela.

— Eu sabia, eu sabia. Não precisa dizer mais nada. Eu só quero que você me prometa uma coisa.

— O quê?

— Eu espero que nunca mais você ande com a Valéria. Está entendido?

— Está.

— Ótimo. Agora vá tomar um banho e depois a gente estuda direitinho o que nós vamos dizer ao seu pai.

Ainda bem que ele sabe que as pessoas aqui do bairro são maldosas. Vão sempre dizer que, se você andava com ela, é porque é viciada também. Precisamos mudar daqui com urgência.

29 *Socorro, doutora Ninon*

Valéria começou a fazer tratamento psiquiátrico. Eram duas sessões por semana com a dra. Ninon, que estava com quarenta e dois anos mas não parecia ter mais de vinte e cinco, talvez por ser pequena, do tamanho de uma garota.

Seu trabalho com drogados já ia para quinze anos e o sucesso que conseguia na maioria dos casos não tinha subido à sua cabeça. Continuava simples como no tempo em que era só uma estudante pobre.

Na primeira consulta, Valéria disse que se sentia perdida. Sem nenhum problema sério, tinha, por curiosidade ou para não passar por careta no grupinho de amigos, entrado no mundo das drogas. E, de repente, estava tão mergulhada nele que precisavam jogar uma corda para ela não se afogar.

A dra. Ninon procurou mostrar a Valéria que o caso dela não era uma raridade.

— Menina, isso é assim mesmo. Geralmente, a coisa começa desse jeito. Por curiosidade ou por pressão.

— Sabe o que eu acho, doutora? Que eu sou uma... uma...

— Você não é nada do que está pensando. É como eu falei. A maioria dos jovens que se viciam começa como eu disse. Alguns, quando acaba a curiosidade ou a pressão, conseguem se livrar. Outros, mais sensíveis aos efeitos das drogas, se tornam dependentes e vários deles, depois de passar pelos tormentos do inferno, acabam morrendo por causa de uma coisa que no início parecia uma brincadeira.

As conversas com a dra. Ninon, os remédios receitados por ela e o carinho da mãe foram dando a Valéria a segurança de que precisava para se livrar do pesadelo. Estava confiante, cada dia mais. E, convencida pela doutora, voltou para a escola. Precisava retomar sua vida normal. Isso era essencial no tratamento.

As garotas do futebol e o professor de educação física deram muita força a ela. Já no primeiro treino depois da volta, notou que podia contar com eles para a recuperação. Ninguém falou do problema, mas Valéria notou que a tratavam ainda melhor do que antes, o que já não acontecia com algumas pessoas no prédio dela, que a ignoravam como se ela fosse uma delinquente ou tivesse alguma doença contagiosa.

O professor deu-lhe um abraço e um beijo e, aplaudido pelas meninas, anunciou:

— Estamos salvos, garotas. Nossa artilheira voltou. Azar das nossas adversárias!

Comovida, ela jogou melhor do que nunca naquele dia. E cada gol que marcava — foram quatro — foi comemorado com entusiasmo pelas colegas.

Quando acabou o treino, o professor brincou com ela.

— Você deixou aquela perna de pau em casa?

— Que perna de pau?

— Aquela sua irmã gêmea que nunca viu uma bola de futebol na vida...

Depois desse dia, ela se sentiu muito confiante. Drogas, nunca mais.

30 *Pisando na bola*

Apesar de alguns pesadelos, nos quais não fazia outra coisa além de fumar, fumar e fumar maconha, Valéria conseguiu conservar sua força de vontade até a manhã em que, na saída das aulas, Roseli se aproximou dela. Fazia um mês que não se falavam. Vinham se evitando no colégio e no prédio. Pareciam duas cúmplices de um crime ainda não descoberto, que não podiam ser vistas juntas para não criar suspeitas.

Andaram alguns metros sem dizer uma palavra. Depois, Roseli tomou a iniciativa.

— Você está zangada comigo?

— Não. Zangada por quê?

— Porque eu virei a cara pra você.

— Eu nem reparei.

— Ah, qual é? Você não está querendo me esnobar, está?

— Não, Rô.

— Eu estava só dando um tempo, Val. A minha mãe me proibiu de conversar com você.

— Eu imaginava.

— Como é que você está se aguentando?

— Aguentando com o quê?

— Ah, você sabe. Você não está sentindo falta?

— Daquilo? Não. Eu estou fazendo tratamento.

— É. Eu estou sabendo. Mas não dá vontade?

— Não.

— Nunca?

Valéria hesitou.

— Às vezes dá, Rô. Não vou negar. Mas eu aguento. E você?

— Eu também estou dando uma maneirada, até a coisa esfriar. A minha mãe e o meu pai não pegam no meu pé, mas mesmo assim...

— Quer dizer que você parou?

— Não. Mas estou numa um pouco mais light, sabe como é? Só um cigarrinho de vez em quando.

— E como você está se virando?

— Com um carinha que me apresentaram. A mercadoria dele é coisa fina. Não é que nem aquela porcaria que o Tiãozinho vendia. Dá um barato gostoso, tranquilo, sem piração. Não dá pra ninguém perceber que você está viajando. Só você.

— Ah, é?

— É, sim. Pode crer. Quer puxar um comigo?

— Não. De jeito nenhum.

— Ah, vamos, vá. Só pra lembrar os velhos tempos.

— Não.

— Vamos, vá.

As duas já estavam perto do prédio. Sozinhas no elevador, Roseli abriu a mochila e enfiou a mão entre os cadernos, suspirando. Entraram no apartamento de Valéria.

Meia hora depois, quando Roseli saiu, Valéria atirou-se na cama e chorou. Estava com a impressão, quase com a certeza, de que tinha sido usada pela amiga. Roseli só a havia procurado para poder curtir num lugar seguro e dividir a culpa com ela.

Não disse nada à mãe, nem à psiquiatra, no dia seguinte. Acabou repetindo a experiência com Roseli várias vezes. E nem sempre era só maconha o que usavam.

A dra. Ninon, notando diferenças no comportamento de Valéria, perguntou o que estava havendo. Ela disse que não estava havendo nada, mas andava tão sombria que uma noite, depois do jantar, Vera lhe pegou as mãos.

— Val, está acontecendo alguma coisa, não está?

As lágrimas de Valéria foram a resposta.

— Ah, minha filha. Ah, minha filha. Não chore. Você... Você...?

— Eu não resisti, mãe. Desculpe. Eu sou uma covarde. Por que você não desiste de confiar em mim?

— Eu não vou desistir nunca, Val.

Na sessão seguinte com a dra. Ninon, Vera foi com a filha para contar o que Valéria, por vergonha, estava sem coragem de dizer.

Depois da consulta, de tudo o que a mãe e a psiquiatra disseram só ficou, no angustiado cérebro de Valéria, uma palavra: internação.

— Acho que é a solução, dona Vera. Vou indicar uma clínica que é muito eficiente, Valéria. Você vai ficar boa, eu tenho certeza. E a senhora não precisa se preocupar muito com dinheiro. Eles lá têm um convênio com a prefeitura e as despesas não vão ser muito grandes. Pode ficar tranquila.

31 *Faça a coisa certa*

Os meses que passou na clínica para jovens dependentes de drogas não foram fáceis para Valéria. Ela tentava se submeter docilmente a tudo: às palestras, à terapia individual e de grupo, aos exercícios físicos, aos horários para almoçar, descansar, dormir, acordar. Ali havia ordem para as mínimas coisas e ela não estava acostumada com isso.

Às vezes, sentia uma vontade imensa de transgredir, de desobedecer, de desacatar. Quando isso acontecia, lembrava-se de tudo o que tinha prometido à mãe e se continha.

Durante o dia, a programação servia para mantê-la ocupada e sem pensamentos ruins. Mas à noite, enquanto as colegas do seu pavilhão, exaustas, pegavam sem muita dificuldade no sono, ela se virava e revirava na cama, dominada por uma angústia que a asfixiava.

Numa dessas noites, esforçando-se para dormir, ela ouviu alguém chorar baixinho. Sentou-se na cama e ficou atenta. O choro vinha de uma cama quase encostada na porta.

Levantou-se devagar, procurando não fazer barulho, e foi até lá. Quem estava chorando era Bete, uma garota que tinha chegado naquele dia.

— Bete, o que foi? — ela sussurrou.

Bete não respondeu.

— O que foi, Bete? — Valéria insistiu.

Depois de alguns instantes, nos quais tentou fingir que estava dormindo, a garota disse, baixinho:

— Eu estou com medo.

Valéria sentou-se na cama e pegou a mão de Bete.

— Medo de quê?

— Disto aqui, da minha vida, de tudo.

— Você está assim porque é o seu primeiro dia aqui.

— Primeiro dia? Antes fosse. É a terceira vez que eu venho parar aqui neste inferno.

Ela disse isso e começou a chorar mais forte.

— Ei, dá pra fazer um pouquinho de silêncio aí? Quero dormir — queixou-se uma voz irritada.

Valéria beijou a testa de Bete, recomendou que ela tivesse coragem e voltou para a cama.

Deitou-se e começou também a chorar. Mais do que nunca, sentia-se na boca do dragão. O ano escolar já estava perdido, mas não era essa a única coisa que a afligia. Doía-lhe demais ter decepcionado tanto a mãe. Pensou nela, que talvez estivesse pegando dinheiro emprestado para pagar os remédios do tratamento, pensou no pai, pensou em Rodrigo, de quem sentia uma saudade insuportável, e pensou com raiva e tristeza em Roseli. Quando finalmente dormiu, entrou num pesadelo: viu a amiga afundando no rio com Sílvio, dentro do carro.

32 Tudo para virar o jogo

Valéria procurava concentrar-se nas palestras da dra. Carmen, a diretora da clínica, e esperava com ansiedade os jogos de futebol promovidos por Fernando, o encarregado da recreação. Aquilo ajudava a mantê-la sem pensar muito na droga, que às vezes voltava a tentá-la com a força de uma obsessão.

A dra. Carmen sabia como tocar o coração de cada paciente. Jovem, ela entendia e sabia falar a linguagem dos adolescentes. Esperança, nos lábios dela, não era uma palavra. Era uma coisa firme, quase palpável. Bastava ouvi-la para crer nela. Tudo era possível, desde que se acreditasse que era.

Nos jogos de futebol que diariamente Fernando organizava no campinho quase sem grama e de traves tortas, Valéria era sempre a que mais se destacava. Fernando distribuía as garotas em dois grupos, que variavam todo dia, porque ele tentava manter equilíbrio entre os times. Mas não havia jeito. Sempre o time de Valéria vencia.

Uma tarde, depois de mais uma partida, Fernando perguntou a ela:

— Você joga muito, sabia?

— No colégio, sempre me acharam boa.

— Faz tempo que você joga?

— Desde os dez anos, por aí. Em tudo que era joguinho dos meninos na rua, eu estava lá. Minha mãe me chamava de moleca. E eu não me dava mal, não. Sempre fazia os meus golzinhos.

— Sabe que o futebol feminino está em alta?

— Sei, claro. As meninas do Brasil estão fazendo bonito por aí. Os grandes clubes, Corinthians, São Paulo, Botafogo, Vasco, já têm times femininos.

— É, já vi que você está bem informada. Sabe que algumas dessas garotas já ganham um bom dinheiro?

— Já ouvi falar.

— Olhe, o técnico da Portuguesa é meu amigo e acho que ele gostaria muito se você fosse fazer um teste lá. Uma vez eu indiquei a ele uma menina do meu bairro que acabou fazendo sucesso. E eu acho que você também pode fazer. Uma atacante assim não é fácil de encontrar.

— Nossa! É sério? Você não está falando isto só para apressar minha recuperação?

— Eu não uso esses golpinhos sujos.

Valéria se entusiasmou:

— Você acha que eu tenho chance mesmo?

— Acho. Sério. E isso vai ser ótimo para você, quando sair daqui. Nada como o esporte para manter uma pessoa sadia.

Valéria teve essa conversa com Fernando num sábado. No domingo, dia de visita, a mãe sentiu que havia alguma novidade. Pela primeira vez em todo o tempo de internação, o sorriso de Valéria estava escancarado, como o sol que se esparramava sobre o amplo jardim por onde as duas passeavam.

— Você está ótima, Val.

— Estou, sim, mãe. E louca pra sair daqui. Eu quero contar uma coisa.

— O que é? — perguntou Vera, ansiosa.

— É uma ideia que o Fernando me deu. Não sei se você vai aprovar.

— Diga logo o que é, filha. Eu estou curiosíssima.

Valéria falou do convite de Fernando. Receava que a mãe fosse fazer mil objeções, mas Vera não fez nenhu-

Nos jogos organizados na clínica, o time de Valéria sempre ganhava.

ma. Se Fernando achava que aquilo ajudaria na recuperação dela, tudo bem.

— E, se você se tornar uma supercraque, melhor ainda.

Valéria abraçou a mãe, segurando-se para não chorar de alegria.

— Você é demais, mãe. Não existe outra igual. Está vendo aquela ali? — ela perguntou, apontando uma garota que caminhava solitária. — O nome dela é Bete. Ela chegou esta semana. É a terceira vez que ela é internada.

— Pobrezinha — murmurou Vera.

— Sabe o que ela me disse? Que a mãe dela não quer nem saber se ela está viva ou morta. Faz dois anos que as duas não se veem.

— Mas por quê?

— Porque a mãe tem vergonha dela. Se não fosse o pai, a coitada ia estar na rua, virando latas como cachorro sem dono. Adivinhe quantos anos ela tem.

— Hum, deixe ver... Dezesseis?

— Catorze. E ela me disse que já até se prostituiu para comprar droga. Uma amiga dela, também viciada, se matou num sanatório. Ah, mãe, eu não quero ficar como ela. Me ajude. Eu não quero ser uma perdedora. Quando eu sair daqui, nunca mais vou voltar.

Depois desse domingo, Valéria lutou com mais força pela sua recuperação. Fernando estava certo. O futebol podia ser importante para ajudá-la a conseguir o que mais queria na vida: uma grande virada.

33 *Sanduíche, pipoca e sorvete*

No dia em que saiu da clínica, uma radiosa manhã de terça-feira, Valéria olhou para o céu, para as árvores, para a rua, para os carros, como se estivesse vendo tudo pela primeira vez.

— Vamos para casa, Val — disse Vera com entusiasmo, abrindo a porta do táxi para ela.

— Que horas são?

— Dez e quinze.

— Nossa! Já? Você vai chegar atrasadíssima ao consultório, mãe. Eles não vão gostar nada disso.

— Hoje eu não vou. Já avisei que hoje vou passar o dia inteiro com você. Quero saber tudo, mas tudo mesmo, que aconteceu nesses meses.

— Mas você já sabe, mãe. Eu já contei tudo.

— Não faz mal. Eu quero que conte tudo de novo.

Acenaram, dando adeus à dra. Carmen, a Fernando, às enfermeiras e às garotas que, no portão da clínica, esperavam a partida das duas. Com o táxi em movimento, Vera pegou as mãos da filha e ficou contemplando o seu rosto.

— Sabe que você está mais bonita?

— Ah, mãe, para de me proteger, para.

— Não é proteção, é a verdade.

— Tomara que não. As zagueiras adversárias nunca vão respeitar uma centroavante bonitinha.

— Quer dizer que você vai mesmo fazer o teste na sexta?

— Vou, mãe. O técnico lá da Portuguesa queria deixar para o mês que vem, mas o Fernando insistiu e conseguiu antecipar o teste. Disse que craques não têm tempo de esperar. Pode isso?

— Então eu preciso ir me acostumando com essa história de futebol. Quantos jogadores mesmo tem cada time?

Valéria riu.

— Você está me gozando, mãe.

— Não, Val. Eu juro. Quantos jogadores são?

— Onze de cada lado.

— No futebol feminino também?

— Também, mãe. Onze em cada time.

— Qual é o número da centroavante? Dez?

— Não. Nove.

Quando chegaram ao prédio, as duas encontraram no saguão dona Zezé, que estava saindo do elevador. Valéria sorriu para ela, mas recebeu de volta um olhar cheio de rancor.

Já no apartamento, ela perguntou:

— Você viu só, mãe? Parecia que ela ia me morder! Por quê?

— Eu já disse. A Roseli vai muito mal, cada dia pior. E a mãe acha que a culpa é sua, Val.

— Bom, eu não posso fazer nada pra mudar a opinião dela, posso?

— Acho que não. Uma vez eu fui falar com a dona Zezé, para contar como você estava se recuperando na clínica e ver se ela se interessava, e sabe o que ela fez?

— O que foi?

— Ela me olhou com ódio e disse que a filha não precisa de nada disso. Pode? Mas vamos mudar de assunto. Eu não quero falar mal da dona Zezé. Nunca vou esquecer que o Henrique está descansando no túmulo da família dela. E da Roseli eu não tenho raiva, eu tenho pena.

— Eu vou falar com ela, mãe. Se ela não quiser me ouvir, paciência. Mas eu vou tentar.

— Você é quem sabe, Val. Mas cuidado. Eu não sei se isso vai ser bom para você. Acho melhor dar um tempo.

Mãe e filha passaram o dia como se estivessem num piquenique, e não no apartamento. Pareciam duas garotinhas. Corriam da cozinha para a sala, da sala para a cozinha, levando de um lado para outro cachorros-quentes que iam comendo com apetite de leoas.

— Mãe, você adivinhou. Eu estava louca pra comer cachorro-quente. Aquela comidinha de lá é boa, toda certinha, com as calorias, as proteínas, os glucídios e os lipídios calculados em computador. Mas eu sonhava com uns cachorros-quentes caprichados, como estes. Com bastante mostarda, maionese e catchup. Huumm! E tem gente que diz que a coisa mais gostosa do mundo é caviar.

— Você não pode dizer nada, Val. Você nunca comeu caviar...

— Bom, isso é. Mas não ponho muita fé nele, mesmo assim.

Foi uma festa. Encheram-se de refrigerante, até doer a barriga, e depois, para completar a farra, fizeram um panelão de pipoca e tomaram sorvete.

Quem as visse poderia imaginar que havia álcool no refrigerante, porque começaram a dançar, sem música, e no meio da dança foram atacadas por um acesso de gargalhadas. Quando viram, já estavam no chão.

À noite, mais moderadas, comeram uma saladinha, viram um pouco de tevê e foram dormir. Valéria, embora o ano escolar estivesse perdido, queria ir ao colégio para conversar com Roseli, as outras amigas e os professores. Precisava começar a reencarar o mundo. Mas pretendia ir só depois de fazer o teste na sexta-feira, na Portuguesa. Até lá, ia pensar apenas nos gols que esperava marcar. Antes de beijar a mãe e se deitar, ela foi atacada de repente pela insegurança e fez uma pergunta:

— Mãe, será que eu não vou fracassar no teste?

Vera brincou:

— Se você fracassar, proíbo a sua entrada aqui... Vamos dormir, senão amanhã eu perco a hora.

Já quase entregue ao sono, Valéria pensou em Rodrigo e suspirou.

34 Os primeiros lances

O teste de Valéria não foi tão bom quanto ela esperava. Jogando com as outras juvenis, contra o time principal, não conseguiu mostrar tudo o que sabia. Embora fosse uma garota forte e a temporada na clínica a tivesse deixado em forma, perdeu quase todas as bolas divididas.

Em setenta minutos de treino, teve só dois bons lances. No primeiro, conseguiu chegar antes das zagueiras, na cobrança de um escanteio, e desviou a bola de cabeça, mas ela bateu na trave. No segundo, recebeu um passe fora da área e, vendo a goleira adiantada, arriscou um chute alto. A bola passou pela goleira e foi descendo, descendo. Parecia que ia entrar, mas no último instante apareceu um pé que evitou o gol em cima da linha.

No fim do treino, suada, cansada e desanimada, ela tentou ir para o vestiário sem passar por Zezinho, o técnico das juvenis, mas ele a chamou. Quando Valéria se aproximou, Zezinho ergueu o polegar.

— Valeu, menina!

Ela sorriu, sem jeito.

— Eu me esforcei, mas não consegui fazer nada.

— Você está reclamando do quê? Você jogou um bolão.

— Sério? Eu não achei.

— Você não viu como o Aluísio, o técnico do principal, bateu palmas quando você deu aquele chute por cobertura?

— Não reparei. Ele aplaudiu, é?

— Aplaudiu. E, pelo que eu vi de você hoje, logo você vai desfalcar o meu time para jogar no principal. O Fernando não mentiu quando disse que você sabe das coisas.

Valéria achava que Zezinho estava exagerando.

— Mas eu só consegui fazer duas jogadas...

— Uma centroavante é assim mesmo. Sempre muito marcada. O importante é fazer o que você fez. Quando a bola chega, você precisa ter rapidez. Se vacilar, a defesa despacha.

— Bom, se você acha que eu fui bem...
— Foi, sim. Para o primeiro dia, não podia ser melhor. Agora pode ir tomar seu banho. Olhe como você está transpirando. Você deve ter perdido uns dois quilos.

Valéria foi para o chuveiro ainda indecisa. Zezinho devia ter caprichado naqueles elogios só para que ela não ficasse muito decepcionada. Antes do treino, as meninas tinham dito que ele era um amor. Elas também eram. Pareciam irmãs de Valéria e fizeram tudo para que ela se sentisse à vontade.

As semanas seguintes mostraram que Zezinho tinha razão. Valéria começou a sobressair, os repórteres que faziam a cobertura do clube passaram a observar aquela garota que sempre dava muito trabalho à goleira do time principal, e alguns dos torcedores mais fanáticos já vinham pedir autógrafos.

No campeonato juvenil, ela se tornou a segunda artilheira e, em alguns treinos, o técnico do principal, Aluísio, já a fazia entrar no time por alguns minutos. E, mesmo quando ela errava um lance, ele a incentivava:

— É assim mesmo, Val. É isso aí.

Aluísio vivia prometendo que, quando o time principal fosse jogar contra um adversário fraco, ele a levaria para ficar no banco de reservas e, se a partida estivesse fácil, a colocaria no segundo tempo, para ela ir ganhando experiência.

35 *Mãe, vou aparecer na tevê*

Chegou uma semana importante para a Portuguesa. No domingo, o time principal enfrentaria o Santos e quem ganhasse acabaria o primeiro turno na liderança, levando um ponto de vantagem para a fase final do campeonato.

Aluísio comunicou que os treinos seriam ainda mais duros, mas logo na segunda-feira teve uma surpresa nada agradável. Sua atacante Marta Veneno não apareceu e mandou avisar que não voltaria aos treinos e aos jogos enquanto não recebesse um dinheiro que o clube estava lhe devendo.

O presidente da Portuguesa declarou que não devia um centavo a Marta e a polêmica se acendeu, pela imprensa. Na terça-feira, não podendo contar com Marta, Aluísio fez Valéria treinar no time principal.

Comentava-se, nos bastidores, que na quarta-feira Marta estaria de volta. Mas veio a quarta-feira e Marta não apareceu. Os repórteres ficaram mais alvoroçados ainda. À tarde, estourou a notícia de que ela havia criado o caso só para forçar a sua contratação por um clube do exterior.

Na quinta-feira, havia mais repórteres do que nunca no treino. Sem a presença de Marta Veneno, eles foram perguntar a Aluísio como ia ficar a situação.

— Já decidi. Entra a Valéria no lugar da Marta.

Os jornalistas arregalaram os olhos.

— Mesmo que a Marta apareça?

— Mesmo que a Marta apareça. A Valéria tem treinado bem e acho que não vai decepcionar. Eu já estava pensando em lançar essa menina, só que aos poucos e contra times menos fortes. Mas não vai haver problema.

— A Marta está fora dos seus planos?

— Para este jogo está, por não ter treinado. Para o futuro, vai ser um problema dela e da diretoria.

— Será que a Valéria não vai tremer?

— Não. Ela é uma garota muito corajosa e está preparada pra tudo.

Depois dessa entrevista, todos correram para Valéria. Ela atendeu os repórteres de jornal, os de rádio e, quando pensava estar livre, surgiu uma moça simpática, da tevê.

— Oi, Valéria, como vai? Meu nome é Ana Luísa Coelho. Meu editor quer que eu faça uma matéria com você, para o programa Meio-Dia no Esporte de amanhã. Eu estou pensando em fazer uma parte aqui e outra parte na sua casa, para dar o contraste, sabe como é? Você de calção e chuteiras e depois você mais produzida, com a roupa do dia a dia. Tudo bem?

— Claro. Eu sempre vejo o Meio-Dia no Esporte e gosto muito. Mas você precisa mesmo ir lá em casa?

— Por quê?

— Porque, sei lá, minha casa é... muito pobre e... bagunçada.

— Eu prometo não reparar — brincou Ana Luísa. — Está bom assim?

— Tudo bem.

Os câmeras começaram a filmar lances de Valéria. Enquanto procurava caprichar, mais nervosa do que se estivesse num jogo, ela lembrou, com alívio, que o videocassete, mandado para o conserto uma semana antes, já estava bom de novo. Podia gravar o programa no dia seguinte e mostrar à mãe.

Depois de vinte minutos de gravação, Valéria correu para baixo do chuveiro. A repórter e os câmeras estavam esperando. Iam levá-la para casa, para a segunda parte. Enquanto se ensaboava, teve um instante de preocupação no meio da alegria. Sabia que os repórteres acabavam descobrindo os segredos de todas as pessoas, e ela nem imaginava o que faria se alguém soubesse do seu drama e começasse a fazer perguntas sobre aquilo.

Ao sair do vestiário, ela ainda precisou dar autógrafos a meia dúzia de torcedores. Olhando para o céu, agradeceu a Deus. Não merecia tudo aquilo. Em dois meses, tinha passado dos suplícios do inferno para a maior das felicidades. Talvez nunca se tornasse uma grande jogadora, mas estar lutando para ser já era muito para ela.

36 *Uma estrela em dois tempos*

No dia seguinte, os telespectadores viram pela primeira vez aquela menina bonita, centroavante da Portuguesa, que a repórter Ana Luísa Coelho apresentava como uma grande revelação do futebol feminino. As imagens iniciais, depois da legenda "Valéria em campo", mostravam a número nove correndo, gingando, chutando, saltando, controlando a bola, cabeceando, dando pulos para comemorar gols.

Ana Luísa — Esta garota, que há dois meses joga no juvenil da Portuguesa, vai ter neste domingo a oportunidade de mostrar se estão certos aqueles que já veem nela uma grande promessa do futebol feminino do Brasil. Valéria, que completou dezesseis anos no mês passado e tem um metro e setenta e oito, jogará no time principal da Portuguesa contra o Santos, na vaga de Marta Veneno, ainda em litígio com o clube. Valéria, você está pronta para esse desafio?

Valéria — Estou.

Ana Luísa — Você esperava ter uma chance tão rapidamente no time de cima?

Valéria — Não.

Ana Luísa — O técnico Aluísio tem feito com você treinamentos especiais. Você pode nos dizer como são esses treinamentos?

Valéria (hesitando) — Não.

Ana Luísa (sorrindo, sem jeito) — Por quê?

Valéria (ainda mais sem jeito) — Não quero entregar o ouro para as adversárias...

Ana Luísa — Você não é de falar muito. Dizem que quem fala pouco faz muitos gols. É verdade?
Valéria — Pode ser, não sei.

Ana Luísa — Qual é seu ídolo no futebol?
Valéria — Ronaldinho. Ah, e o Pelé, também.

Ana Luísa — E mulher, nenhuma?
Valéria — A Fafá de Belém. Ela é uma tremenda cantora.

Ana Luísa (rindo) — Eu digo do futebol.
Valéria (nervosa) — Ah, a Sissi.

Ana Luísa — Você espera jogar com ela na seleção?
Valéria (vermelha) — ...

Ana Luísa — Espera?
Valéria (mais vermelha) — ...

Aparecem imagens de Sissi jogando pela seleção brasileira e, sobrepostas, imagens de Valéria. Entram a legenda "A seguir, Valéria no lar" e os comerciais. Na volta, logo depois da legenda "Valéria no lar", a câmera passeia pela sala, pela cozinha, pelo banheiro, pelo quarto de Valéria, com a cama arrumada e um ursinho na cabeceira.

Ana Luísa — Valéria, uma garota humilde, mora num apartamento pequeno, mas bonitinho, como vocês estão vendo. Não vou dar o endereço porque, se eu der, ela não vai mais ter sossego. Valéria, vocês já notaram, é uma gata. Você já está sofrendo o assédio dos fãs?

— Valéria — Não. Ninguém me conhece...

Ana Luísa — Valéria é modesta. Eu acho que ela está escondendo o jogo, nessa história dos fãs. Não é não, Valéria?
Valéria (com jeito de ladrão apanhado em flagrante) — Não.

Ana Luísa — Você tem namorado?
Valéria (com ar triste) — Não.

Ana Luísa — Mas pretende ter, não pretende?
Valéria (pensando em Rodrigo) — Com certeza.

Ana Luísa — Você acha que, praticando futebol, a mulher perde a feminilidade?

Valéria — De jeito nenhum.

Ana Luísa (em pé com Valéria, diante da foto de casamento de Henrique e Vera) — O que a sua mãe acha de você ser jogadora de futebol?
Valéria — No começo, ela não queria. Agora, já está aceitando.

Ana Luísa — E seu pai?
Valéria — Meu pai... morreu.

Ana Luísa — Ah, eu sinto muito. Para encerrar, Valéria, qual foi o pior problema que você já enfrentou?
Valéria (lembrando-se de uma palestra da dra. Carmen sobre a discriminação que costumam sofrer os viciados e os ex-viciados) — ...

Ana Luísa — Vou repetir. Qual foi o pior problema que você já enfrentou?
Valéria (fazendo uma careta, apertando as mãos) — Foi... Foi a morte do meu pai.

Ana Luísa — Obrigada pela entrevista.
Valéria — Obrigada. Tchau.

37 *Você aqui?*

No dia seguinte, assim que chegou para treinar, Valéria foi cumprimentada pelas amigas. Todas tinham visto o programa do meio-dia e algumas brincaram:

— Quer me vender aquele seu ursinho? Ele é uma graça.

— Quando é que você vai levar a gente pra conhecer a sua mansão?

— Se você quiser um namorado, eu tenho um que não estou usando mais...

Depois do treino, em que fez três gols, ela precisou responder às perguntas dos repórteres. Alguns também tinham visto Meio-Dia no Esporte. Ana Luísa, que estava entre os entrevistadores, piscou para ela.

— Você devia me dar exclusividade, não acha? Quem levantou a sua bola fui eu. Ou não fui?

A entrevista coletiva durou vinte minutos e seria ainda mais longa se Aluísio não tivesse feito um apelo:

— Ô, pessoal, vamos maneirar. A menina precisa ir pra casa, descansar.

Sob protestos, os jornalistas se dispersaram. Mesmo assim, um repórter de jornal conseguiu marcar uma entrevista na casa de Valéria, às seis horas.

Ao sair do vestiário, ela deu muito mais autógrafos que na véspera. Não teve carona, dessa vez, mas não por falta de ofertas. Alguns garotos bonitos e um velhinho assanhado puseram o carro à disposição dela. Os rapazes, para chamá-la, usaram adjetivos lisonjeiros, mas meio fortes. O velhinho a chamou de princesa.

Já no apartamento, ela olhou para o relógio. Cinco e quinze. Tinha quarenta e cinco minutos para pôr uma roupa decente e se preparar para a entrevista. Precisava também dar uma ajeitada nos cabelos. O repórter ia levar um fotógrafo.

Tinha tomado banho no clube, mas tomou outro e, depois de se vestir e de arrumar os cabelos, foi ver se a sala estava em ordem. Aí, entrou na cozinha para comer um sanduíche e aproveitou para verificar se não estava faltando café. Na véspera, Ana Luísa, depois de tomar quatro xícaras, tinha dito que todos os jornalistas eram viciados em cafezinho.

Comeu o sanduíche, escovou os dentes e sentou-se no sofá. Eram cinco e meia e ela pretendia descansar um pouco, talvez até dar uma cochilada, mas a campainha tocou. Repórter impaciente, ela pensou, indo abrir a porta.

Teve uma grande surpresa. Poderia esperar tudo, menos ver quem estava à sua frente.

— Rodrigo!!! O que você...? Desculpe. Quer entrar?

Tinha quase certeza de que ele estava ouvindo o coração dela. Só não ouviria se fosse surdo.

Rodrigo entrou, sentou-se no sofá com ela e, demonstrando também não estar à vontade, pediu:

— Você me desculpa? Acho que eu não devia ter vindo.

— Que bobagem — ela disse, já um pouco menos sem jeito. — Eu estava com saudade de você.

— Eu também.

— O que você tem feito?

— Nada muito importante. Da casa pra escola, da escola pra casa, uma passadinha pelo shopping, um cineminha de vez em quando. E você?

— Também aquela vidinha de sempre.

Rodrigo balançou a cabeça.

— Vidinha de sempre? Essa não. Eu vi o programa hoje, na tevê.

— Ah, é? E gostou?

— Demais. Eu sabia que você estava jogando e faz tempo que eu queria vir aqui, mas não sabia se você ia gostar de me ver.

— Por que não?

— Acho que eu fui meio panaca com você.

— Não foi, não. Você quis ser amigo, só isso. Se eu tivesse ouvido os seus conselhos, talvez não precisasse ir me tratar na clínica. Você soube que eu fui parar numa, não soube?

— Soube.

— Não foi fácil.

— É. Eu acho que não, Val. Mas agora está tudo bem, não está?

— Está.

— Pra mim também não foi fácil. Só o pessoal lá de casa sabe a barra que foi. Meu pai e minha mãe me deram a maior força.

— Eu não sabia disso. Pensava que você tivesse livrado a cara sozinho, na raça.

— Sozinho acho que eu não ia conseguir nunca. Mas vamos deixar isso pra lá. Eu não vim aqui pra isso. Vim matar a saudade. Eu estava doido pra falar com você, mas não conseguia criar coragem. Na semana passada, eu estava na padaria, você desceu do ônibus e eu cheguei a andar um pouco atrás de você, mas depois afinei. Você me viu?

— Lógico que vi. E até comecei a andar mais devagar... Você não reparou?

— Não. Eu estava tão nervoso...

— Você não era assim tímido — brincou Valéria, lembrando-se de como às vezes ele a beijava de surpresa e com estardalhaço, estivessem onde estivessem, com gente olhando ou não.

— É, eu não era assim. Acho que estou ficando velho...

Valéria riu aquele riso que sempre deixava Rodrigo fascinado. Ele pôs a mão no ombro dela, as bocas foram se aproximando e, então, a campainha soou.

— É um jornalista que vem me entrevistar — explicou Valéria.

Eram só quinze para as seis. Aquele repórter precisava chegar bem naquela hora?

Rodrigo levantou-se e avisou:

— Val, eu vou embora. Outra hora eu volto.

— Mas por quê?

— Não quero atrapalhar a entrevista.

Valéria ainda tentou convencê-lo a ficar. Mas, quando a campainha tocou de novo, ele se levantou do sofá e foi com ela até a porta. Quem estava ali não era nenhum repórter. Era uma menina, vizinha de Valéria, pedindo um autógrafo.

Rodrigo foi embora. Valéria sentou-se de novo. Cinco minutos depois, a campainha voltou a tocar.

38 *Socos, pancadas, pontapés*

Quando abriu a porta, Valéria pensou que estivesse dentro de um pesadelo. Ou não era pesadelo o sujeito de bigodinho, com aquele sorriso debochado e aquela faca na mão?

Ela recuou dois passos. Queria gritar, vendo que Tiãozinho tinha avançado dois passos, mas descobriu que estava muda.

Olhou para a faca e estranhou que ela não brilhasse. Nos livros policiais que às vezes lia, as facas tinham sempre um brilho sinistro.

Todas essas sensações e pensamentos passaram pelo seu cérebro em dois segundos, três no máximo, o tempo que Tiãozinho levou para voltar a sorrir e murmurar:

— Eu não avisei, boneca, que era perigoso me trair? Ninguém que fez isso está vivo. É uma pena. Sabe que você estava muito gostosa na tevê?

Valéria pensou em correr para a porta da frente, que Tiãozinho tinha deixado entreaberta, ou para a cozinha, mas fez outra descoberta. Estava paralisada. Os dois passos para trás, que tinha dado, haviam sido os últimos. Morreria ali mesmo, sem reagir, sem lutar pela vida. As palavras de Tiãozinho agora pareciam vir de longe, de outro mundo.

— Você achou que eu ia apodrecer na prisão, não é? Só você, mesmo, pra achar isso. Uma semana depois, eu já estava fora. Mas fiquei tão manjado por aqui que o chefão me mandou dar um tempo. Larguei minha mulher e meus filhos e fiquei rodando de um canto pro outro. E todo dia, entocado que nem uma fera, eu só pensava numa coisa. Acabar com você e aquela outra cadela. Escondido no mato, o tique-taque do relógio só me dizia uma coisa. Ma-tar, ma-tar, ma-tar. Primeiro vai você. Depois, vai ela.

Os lábios de Tiãozinho se contraíram, a mão que segurava a faca recuou alguns centímetros, para aumentar o impacto, e seu olhar indicou que a hora de Valéria morrer tinha chegado.

Foi nesse instante que Rodrigo, para espanto de Valéria e susto de Tiãozinho, deu um pontapé na porta semiaberta e, pegando uma cadeira, atacou o bandido.

Valéria, com as pernas bambas, caiu. No chão, apavorada, ela viu Rodrigo tentando golpear Tiãozinho, que se esquivava. A cadeira escapou da mão de Rodrigo e Tiãozinho saltou sobre ele. No instante seguinte, os dois estavam engalfinhados, rolando pelo chão. Batendo a cabeça na parede, Rodrigo ficou atordoado e Tiãozinho, com um grito selvagem, recuperando a faca que tinha fugido de sua mão, ergueu-se e avançou.

Nesse momento um homem gorducho, que tinha entrado como um furacão pela porta aberta, gritou:

— Parado aí, cara!

Tiãozinho se virou e o gordo deu um pontapé no peito dele. Tiãozinho se estatelou, gemendo. O homenzarrão apanhou a faca e, quando Tiãozinho ameaçou se levantar, ele lhe deu outro pontapé, no braço, concluindo o ataque com um golpe que fez o bandido passar por cima de sua cabeça e aterrissar no outro lado da sala, desmaiado. Depois, ofegante, o gorducho ajudou Rodrigo e Valéria a se levantar e se apresentou:

— Meu nome é Gastão de Barros, fotógrafo e lutador de judô nas horas vagas. Este aqui é meu amigo Lúcio Assunção, jornalista.

Lúcio Assunção, o repórter que tinha entrevista marcada com Valéria, sorriu. Parecia acostumado com a fanfarronice do gordo.

Rodrigo, que havia esfolado o rosto na luta com Tiãozinho, fez uma pergunta a Gastão, gemendo:

— Não entendi. Ai. Você é que é o fotógrafo e ele, ai, ai, é que tem a máquina?

Gastão riu, chacoalhando a barriga.

— Quando eu vi o que estava acontecendo, pedi pro Lúcio segurar a máquina. Não ia quebrar minha queridinha brigando com este vagabundo. Ela está comigo há dez anos. Ô, Lúcio, você não vai fazer nada?

O gorducho, que tinha entrado como um furacão,
deu um pontapé no peito de Tiãozinho.

— O quê, por exemplo?

— Por que você não telefona pra polícia, enquanto eu fico de olho neste animal?

E voltando-se para Rodrigo, quis saber:

— O que ele estava fazendo aqui? Um assalto?

Rodrigo respondeu que não sabia. Valéria não disse uma palavra. Pressentia que o seu passado de viciada ia virar um escândalo. Para disfarçar, perguntou a Rodrigo como ele tinha reaparecido milagrosamente no apartamento, depois de ter ido embora.

— Eu ouvi esse cara perguntando lá embaixo onde você morava e não gostei do jeito dele. Achei que não parecia jornalista e, depois que ele pegou o elevador, subi pela escada.

Gastão continuou:

— Você sabe quem é esse bandido, não sabe, Lúcio?

— Claro que sei. Noticiário policial não é a minha praia. Mas, faz um mês, a foto dele apareceu nos jornais. Ele matou um rival dele no tráfico de drogas. É gente fina... A polícia vai preparar uma festa pra ele... O nome dele é Joãozinho, Tiãozinho, uma coisa assim.

Quando Lúcio acabou de dizer isso, Rodrigo olhou para Valéria e a abraçou bem apertado. Ela parecia pronta para desmaiar.

Depois de ligar para a polícia e para o jornal, Lúcio fez cara de vítima.

— Como é dura a vida de um jornalista! Nós viemos aqui pra fazer uma reportagem esportiva e vamos precisar fazer uma reportagem policial. Mas tudo bem. Acho que a turma lá do jornal vai gostar. Vai ser uma bela matéria. E com uma vantagem: vai ser exclusiva.

Assim que ele acabou de dizer isso, um homem alto e magro apareceu na porta. Olhou espantado para dentro e disse:

— Nossa, o que é isto aqui? O estúdio do Rambo? Caramba! Você é a Valéria, não é? Eu sou João Arruda, do jornal *Mundo em Notícia*. Desculpe. Eu não marquei entrevista, mas, se você puder me atender... Oi, Gastão. Oi, Lúcio. Tudo bem com vocês?

Gastão teve novo ataque de riso, enquanto Lúcio deu um tapa na testa.

— Maldição da múmia esparadrapada! Eu sou um pé-frio mesmo! Sempre fui! Lá se vai a minha exclusividade!

---

39 *A hora da verdade*

Enquanto os dois jornalistas faziam as primeiras perguntas a Valéria, Gastão vigiava Tiãozinho. Tinha amarrado os pulsos dele e o olhava com curiosidade.

Quando Tiãozinho acordou, Gastão zombou dele:

— Como é que você, um bandidão procurado, fica andando por aí nessa folga, sem um disfarce? Você por acaso se acha lindo, é?

Tiãozinho respondeu com uma enxurrada de palavrões. Depois, olhou com rancor para Valéria.

— Sua maldita! Drogada! Prostituta! Posso levar mil anos, mas eu acabo com você, eu juro.

Gastão deu um safanão nele.

— Quieto, vagabundo!

Vendo que Lúcio e João Arruda anotavam o que Valéria dizia, Tiãozinho sorriu maldosamente.

— Ah, vocês são jornalistas, é? Então por que vocês não perguntam pra essa vagabunda o que ela ia comprar de mim na favela? O pessoal lá do time dela vai achar ótimo saber quem ela é.

Houve um instante de profundo constrangimento antes de Valéria dizer:

— Eu vou contar tudo, tudo mesmo. Assumo o que fiz de errado. Acho que mereço respeito. Estive no fundo do poço e consegui sair.

Com as mãos nas mãos de Rodrigo, ela fez um resumo de sua história, desde a primeira noite no parque até a saída da clínica.

— Ninguém na Portuguesa sabe disso? — perguntou Lúcio.

— Talvez o Zezinho, o técnico do time juvenil. Mas não sei se o Fernando contou pra ele.

— Fernando?

— É. O Fernando é aquele tal sujeito da clínica, que me indicou para o Zezinho. O Zezinho nunca me disse nada.

Depois de contar tudo, Valéria encostou o rosto no ombro de Rodrigo e chorou.

— Acho que você não tem motivo para ficar abatida, Valéria — comentou João Arruda. — Sua história é bonita, acho até que é um exemplo.

— É, sim — concordou Gastão. — Vários atletas passaram por isso e deram a volta por cima. Hoje são respeitados e até ajudam na recuperação de viciados.

Quando a polícia chegou para levar Tiãozinho, Valéria ainda tremia. Para animá-la, Gastão apanhou a máquina fotográfica.

— Vamos, menina, cadê aquele sorriso bonito? Isto. Assim. Ótimo. Agora um beijo nele. Aí! Maravilha!

40 *Não. Isto de novo, não*

O estádio estava lotado. Fazendo o aquecimento, Valéria ouvia os gritos da torcida. A do Santos era maior, mas a da Portuguesa esforçava-se para fazer barulho igual.

Depois das últimas instruções de Aluísio, ela subiu a escada do vestiário com o time. Era estimulante o ruído das vinte e duas chuteiras batendo nos degraus. Quando pisou o último deles, ela ficou cega por um instante com a repentina explosão de cores na arquibancada.

Depois de posar para dezenas de fotos, com as outras garotas e sozinha, ela estava batendo bola no centro do campo quando um repórter de rádio se aproximou.

— E vamos ouvir agora uma das grandes atrações da partida, a atacante Valéria, da Portuguesa. Tudo bem, Valéria?

— Tudo, obrigada.

— Você já soube do Tiãozinho?

— Do Tiãozinho?

— É.

— Não. O que aconteceu?

— Ele fugiu hoje de manhã.

— Ah, meu Deus.

— Você acha que isso pode influir na sua atuação hoje?

O juiz aproximou-se e pôs a mão no ombro dele.

— Você pode sair, por favor? Eu vou começar. Já estamos com dois minutos de atraso.

O repórter saiu, protestando, e o juiz apitou o início do jogo. Valéria estava zonza, como se nunca tivesse entrado num campo de futebol. Com a fuga de Tiãozinho, ela se sentia morta. Sabia que ele viria de novo atrás dela, com mais ódio e mais sede de vingança do que nunca.

Foi mal no primeiro lance, no segundo e no terceiro. Falhou no quarto e no quinto, decepcionou no sexto. Na sétima tentativa, dominou a bola e, vendo uma brecha na defesa do Santos, entrou por ali. Rápida, ficou frente a frente com a goleira. Engatilhou o chute, concentrou-se para não errar e disparou, ouvindo um segundo depois o ooohhh de frustração da torcida da Portuguesa. A bola havia passado longe, muito longe do gol.

Depois da decepção, veio a vaia. E, depois da vaia, as lágrimas. Enquanto corria de volta para o meio do campo, sentiu o gosto amargo delas nos lábios secos. Do banco de reservas, Aluísio fez um sinal para ela se aproximar.

— O que está acontecendo?

— Eu não sei.

— Dá pra continuar?

— Acho melhor sair. Eu não vou aguentar.

E assim, aos vinte e poucos minutos do primeiro tempo, entre soluços e vaias, esquivando-se dos repórteres, ela começou a descer a escada do vestiário, ouvindo o melancólico som das suas chuteiras nos degraus.

No vestiário vazio, sentou-se e, com as mãos no rosto, chorou todas as lágrimas que o seu sonho desfeito merecia. Nunca mais lhe dariam outra chance. O futebol estava acabado para ela. Tinha vontade de sumir, para não precisar falar com ninguém. Por que havia insistido tanto com a mãe e com Rodrigo para que fossem ver o jogo?

Levantou-se para ir ao chuveiro, mas ficou paralisada pelo terror. Na frente dela, com o seu olhar maligno, estava Tiãozinho. Ela murmurou:

— Meu Deus, me ajude.

Tiãozinho ergueu a faca, sorriu demoniacamente e deu o golpe.

— Ai! — ela berrou. — Ai! Ai! — e caiu.

— O que foi? Ei, o que foi?

Valéria abriu os olhos e viu, debruçada sobre ela, a goleira Shirlei, sua companheira de quarto na concentração.

— Cadê aquele bandido?

— Bandido? Que bandido? — estranhou Shirlei.

Valéria sorriu, aliviada. Estava num dos quartos do hotel onde a Portuguesa ficava concentrada em vésperas de jogos.

— Graças a Deus — suspirou.

— O que foi? Um pesadelo? — perguntou Shirlei.

— Foi.

— Ainda bem que foi só isso. Eu pensei que você estivesse com alguma dor.

— Dor? Não, eu estou ótima.

— Então vamos pular já da cama e descer para o café. Você sabe que o Aluísio não gosta de atrasos.

— Ah, Shirlei, você e as outras meninas têm sido tão boas comigo. Eu estava com tanto medo de não ser aceita, depois daquele escândalo todo... Se não fossem vocês, acho que eu desistia de tudo. Eu ainda estou com tanta vergonha.

— Vergonha por quê, sua boba? Não viu os jornais, a tevê? Todos estão dando a maior força. Val, se você quer saber, eu tenho a maior admiração pela sua coragem. Depois de passar tudo que você me contou, você merece todo o sucesso do mundo.

— Mas eu ainda me sinto insegura. Será que eu vou conseguir jogar?

— Claro que vai. E vai jogar bem.

— Você acha mesmo? Sério?

— Sério.

— Eu preciso mesmo. Ah, como eu preciso.

— Você vai conseguir. Eu sei que vai. Mas vamos já para o café, senão o Aluísio esgana a gente.

Valéria levantou-se e foi até a janela. Sentia-se tão bem que, fazendo Shirlei rir, cumprimentou o sol:

— Olá, amigão.

Esperava que aquele fosse um bom dia para ela. À tarde, entraria no campo para mostrar à mãe e a Rodrigo que tinha aprendido as lições do tempo de amargura e estava pronta para começar a construir seu futuro. Fazer um bom jogo seria também a melhor forma de retribuir o carinho de tanta gente que, depois da divulgação do seu drama, tinha mandado mensagens de apoio e de incentivo.

---

41 *Farinha nela*

No elevador, Valéria teve um momento de aflição.

— Nossa! Oito e dois! Que horas está marcando o seu?

— O meu eu deixei no quarto — disse Shirlei.

— O Aluísio vai...

— Calma, Val. Também não é assim. Ele não vai criar caso por dois ou três minutinhos.

— Não sei, não. E o pior é que vai sobrar pra você, que não tem culpa.

— Isso é — concordou Shirlei, sorrindo. — Não fui eu que fiquei um tempão batendo papo com o sol...

Saíram do elevador apressadas e, quando, quase correndo, atravessavam o saguão que levava ao restaurante do hotel, ouviram um grande ruído. Parecia uma batucada, acompanhada de gritos que elas não conseguiram entender.

Entrando, as duas viram uma cena curiosa. As garotas, o técnico Aluísio e Janjão, o preparador físico, batendo facas, colheres e garfos nos pratos, berravam para Raquel, a ponta-direita do time:

— Discurso! Discurso! Discurso!

Raquel, uma moreninha tímida, estava mais acanhada ainda com aquela pressão. Em pé, apoiando as mãos na mesa, parecia procurar palavras no ar. Seus cabelos escuros estavam embranquecidos pela farinha que as amigas tinham jogado nela. Aluísio, ainda com um pacote quase cheio na mão, ameaçava despejá-lo na cabeça dela, se não começasse logo o discurso.

— Discurso! Discurso! Discurso! — continuavam exigindo os gritos.

Shirlei aproximou-se do preparador físico.

— Janjão, que loucura é esta?

— Sabe o que é? Hoje é aniversário da Raquel. Ninguém sabia. Ela não quis contar, pra se livrar das gozações. Mas agora de manhã algumas meninas descobriram e você já viu.

— Minhas amigas — começou finalmente Raquel.

As duas palavras foram recebidas com aplausos e mais batidas de talheres nos pratos. Os outros hóspedes que estavam tomando café, e no início não tinham compreendido a razão daquele barulho todo, entraram também na brincadeira, batendo palmas.

Animada com o bom começo, Raquel sorriu e resolveu se arriscar mais um pouco.

— Caro Janjão e querido Aluísio, eu...

Foi interrompida por protestos.

— Assanhada!

— Interesseira!

— Puxa-saco!

Raquel parecia outra vez sem coragem, mas acabou deslanchando e, quando terminou o curtíssimo discurso, sentiu alívio com os aplausos.

— Aí!

— Muito bem!

— Fantástico!

O alívio não durou muito. Logo as garotas se puseram a gritar de novo.

— Mais um! Mais um! Mais um!

Para sorte de Raquel, Aluísio levantou a mão, pedindo silêncio.

— Agora chega, gente! Vejam se vocês se alimentam bem, sem exageros, e depois podem ir para o salão de jogos, para se distrair. As dorminhocas podem voltar para o quarto. Ao meio-dia, todas aqui para o almoço. Eu disse meio-dia. Ouviu, Shirlei? Ouviu, Valéria?

Depois do café, Valéria disputou algumas partidas de pingue-pongue e pebolim. Perdeu todas. As outras jogadoras, que durante o campeonato se concentravam toda semana, haviam desenvolvido uma habilidade que ela, novata, não tinha. Às onze, começou a bocejar e só não foi para o quarto por medo de perder a hora também do almoço.

Ela e Shirlei entraram no restaurante faltando três minutos para o meio-dia. Só Aluísio e Janjão estavam lá.

— Que fome, hem, meninas? — brincou Aluísio.

Tinha acabado de almoçar quando um garoto da portaria pediu licença e lhe entregou um envelope. Valéria o abriu, muito curiosa. Numa folha pautada de caderno, havia uma enorme caveira desenhada.

Ela estremeceu e logo pensou em Tiãozinho. Ficou mais apavorada ainda ao ler o que estava escrito embaixo da caveira.

"Primeiro aviso: você vai ficar assim."

Shirlei esticou o olho e perguntou o que era.

— Nada — respondeu Valéria, pondo o papel no bolso. — É só uma coisa idiota.

Shirlei quis ler o bilhete, mas Valéria não deixou.

Subiram para o quarto. Era hora de descansar. Mas descansar como, depois daquela mensagem sinistra? Valéria pensou em abrir o jogo com Shirlei, mas quando olhou para ela viu que a amiga tinha dormido. Então, foi até a porta e a trancou.

42 *O segundo aviso*

Depois de ler e reler o bilhete várias vezes, Valéria já estava pensando em ir falar com Aluísio sobre aquilo, quando ouviu três batidas leves na porta. Ficou gelada. Sacudiu Shirlei, mas a amiga não acordou. Suando frio, viu um papel sendo empurrado por baixo da porta.

Aproximou-se e o apanhou. Era um envelope igual ao que tinha recebido na hora do almoço.

Abriu-o, tremendo. Dentro, numa folha de caderno igual à anterior, viu o desenho de uma caveira ainda maior do que a primeira e leu, embaixo dela:

"Segundo aviso: você vai ficar assim, depois de viver cem anos de felicidade comigo. Rodrigo."

Primeiro, ela sorriu, aliviada. Depois, começou a gritar:

— Mas que cretino! Mas que filho de uma... Que brincadeira de mau gosto! Será que ele não desconfiou que podia me matar de susto?

Shirlei parou de fingir que dormia e pulou da cama, rindo.

— Que história é essa de xingar assim o futuro pai dos seus filhos? Bem se vê que você é novata em concentrações. Eu apostei com a Raquel que você não ia cair nessa, e perdi feio. Você não desconfiou de nada? Será que você nunca viu a letra do seu namorado?

Enquanto Valéria, rindo também, a enchia de tapas, Shirlei destrancou a porta e por ela entrou Raquel, satisfeita por se vingar da farinha e do discurso da manhã.

As três fizeram tanto barulho no corredor que Janjão apareceu.

— Vou dar um minuto para as três se enfiarem na cama.

Ele tentou parecer muito zangado, mas Valéria desconfiou que ele também sabia da brincadeira e era até cúmplice. As veteranas faziam tudo para desinibir as novatas. Resmungando, Valéria deitou-se e, embora achando que não, logo pegou no sono.

43 Alguém que eu amo

Às duas e meia, o ônibus alugado pela Portuguesa saiu do estacionamento do hotel, a caminho do estádio. Valéria estava nervosa. Dali a uma hora e meia, entraria naquele campo enorme, desconhecido para ela, com a torcida, os repórteres e, principalmente, a mãe e Rodrigo de olho em cada lance.

Vendo a aflição dela, Shirlei puxou um batuque. Logo todas, até Valéria, estavam cantando. De vez em quando, o motorista olhava para trás e parecia disposto a fazer uma censura, mas Aluísio e Janjão, também batucando e cantando, desestimulavam qualquer reação dele.

Valéria já não se sentia tão preocupada quando o ônibus chegou ao estádio. Seu nervosismo só voltou com força quando, já de uniforme, se juntou às outras para ouvir a preleção de Aluísio.

— Meninas, eu não vou encher a cabeça de vocês nem pedir nada de especial. Só quero que vocês façam o que fizeram nos treinos desta semana. Vamos tomar muito cuidado nos primeiros dez minutos, para evitar alguma surpresa do Santos, e depois vamos fazer o nosso jogo. Entendido? É isso aí. Ah, mais uma coisa, que é essencial. Raça! Raça os noventa minutos. Tudo bem?

Depois da preleção, as jogadoras fizeram alguns minutos de aquecimento, comandadas por Janjão. Em seguida, a capitã do time, a zagueira Bebel, pediu também muita luta e todas se deram as mãos, gritando:

— Portuguesa! Portuguesa! Vitória!

Já no campo, enquanto fazia umas embaixadas e olhava furtivamente para todos os lados, assustada com o tamanho do estádio, Valéria deu duas entrevistas rápidas, dizendo que estava tranquila. Ao ouvir o apito do juiz e ver o jogo iniciado, soube que de tranquila não tinha nada. Veio-lhe de repente a imagem de Sílvio caindo no rio e cantando com a sua voz de louco.

"Eu estou na boca do dragão
E estou doidão
E estou feliz.
Com fumaça dentro do pulmão
Eu estou feliz,
Eu estou doidão.
Pá, palapapim,
Palapapim, palapapão."

Logo no primeiro ataque, correu para a direita, quando devia ter corrido para a esquerda, deixando de pegar um bom lançamento. As companheiras bateram palmas, para que ela não se abatesse, mas ela se abateu.

Nos primeiros dez minutos, sentiu-se inútil. Apesar dos treinos que tinha feito durante a semana, estava perdida, sem saber onde se colocar. Sua atuação era horrível. Às vezes, dava um passe, mais para se livrar da bola do que para fazer uma jogada consciente.

Aos vinte e poucos minutos, parada no centro do campo, ouviu um berro de Aluísio:

— A três é sua, Val! O que nós combinamos?

Viu então a zagueira central do Santos partindo para o ataque. Ainda tentou alcançá-la, mas ela já havia feito um passe para a centroavante, que driblou Bebel e chutou. O grito de gol da torcida santista gelou Valéria. Bebel, com as mãos na cintura, olhava para ela com decepção.

Aos poucos, Valéria foi se soltando e seu jogo melhorou. Passou uma boa bola para Raquel, que quase empatou, e logo em seguida deu um chute que raspou a trave.

O primeiro tempo acabou com 1 a 0 para o Santos e, no vestiário, com medo de Aluísio, Valéria procurou ficar longe dele. Aluísio conversou com as outras jogadoras e só depois se aproximou dela.

— Valéria, nós podemos virar este jogo, mas vamos precisar de você. O que eu quero que você faça é simples. Não fique plantada lá na frente, de jeito nenhum. Você vai se movimentar sem parar, caindo pra esquerda e pra direita, pra complicar a defesa delas.

— Só isso?

— Se você fizer isso, já está ótimo. Ah, e continue de olho na três, se ela sair para o ataque.

O segundo tempo começou melhor para Valéria e para a Portuguesa. Bebel pôs ordem na defesa e o time começou a atacar mais. Valéria ia abrindo brechas e, por ali, algumas boas jogadas foram feitas pela Portuguesa.

O Santos defendia-se com fibra e só raramente se arriscava a tentar um ataque. O empate esteve várias vezes próximo, mas só saiu aos quarenta e dois minutos. Valéria recebeu um passe na esquerda, deu um drible seco na marcadora e avançou para o meio. Combatida pela zagueira central, livrou-se dela e invadiu a área. A bola correu e ia saindo pela linha de fundo quando ela conseguiu chutar para trás. Raquel, que vinha acompanhando o lance, entrou de carrinho e desviou para a rede. 1 a 1. Pela primeira vez no jogo, Valéria olhou para o lugar da arquibancada onde imaginava que a mãe e Rodrigo estivessem.

Depois do gol, houve pressão total da Portuguesa, buscando a vitória. Já nos descontos, aos quarenta e sete minutos, Valéria recebeu um cruzamento alto de Raquel e, quando ia enfiar a cabeça e marcar o gol da vitória, foi empurrada por trás, enquanto a bola saía. Os torcedores da Portuguesa levantaram-se, entusiasmados.

— Pênalti!

Os do Santos desesperaram-se. O juiz levantou o braço e apitou. Mas, para espanto geral, não apontou a marca do pênalti. Indicou o centro do campo. Estava encerrada a partida.

As jogadoras do Santos se abraçaram, porque o time, por ter melhor saldo de gols, com aquele empate ficava com o título do primeiro turno. As da Portuguesa cercaram o juiz, protestando. Os repórteres entraram e os que não correram para o juiz correram para Valéria.

— Foi pênalti?

Valéria confirmou uma dezena de vezes que tinha sido empurrada. Em seguida, respondeu a outras perguntas, quase todas sobre o seu tempo de dependente de drogas. Depois, cansada, pediu licença e foi se afastando. Enquanto os repórteres davam destaque à entrevista e falavam da sua atuação, considerada muito boa para uma juvenil, ela ouviu seu nome pronunciado por uma voz mais do que conhecida.

— Val. Ei, Val.

Era Rodrigo, acenando no alambrado. Ao lado dele, estava Vera. Valéria correu para lá, já quase feliz, apesar do resultado do jogo. O sorriso da mãe e do namorado compensava tudo.

— Parabéns, filha.

— Valeu, Val.

Pela fresta do alambrado, Valéria beijou o rosto da mãe e depois, demoradamente, os lábios ansiosos de Rodrigo. Sentia-se livre do dragão e de sua boca maldita. E estaria completamente feliz, se não fosse uma ausência